Llwyth

I Meg a Robin

Cefais y syniad wrth ddarllen cyfres o lyfrau
ffantasi i oedolion gan yr awdur George R R Martin,
'A Song of Ice and Fire', felly diolch iddo am fy ysbrydoli!

Llwyth

BETHAN GWANAS

Hoffai'r Lolfa ddiolch i:

Mairwen Prys Jones
Huw Vaughan Hughes o Ysgol Bro Morgannwg
Mererid Llwyd o Ysgol Glan y Môr
a Gwenno Wyn o Ysgol Gyfun Ddwyieithog y Preseli
Hefyd, diolch i'r holl ddisgyblion o ysgolion Gwynllyw, Llangefni,
Morgan Llwyd a Phenweddig am eu sylwadau gwerthfawr.

CYFRES
mellt

Argraffiad cyntaf: 2013

Comisiynwyd y gyfrol hon gyda chymorth ariannol
Adran AdAS Llywodraeth Cymru

Portreadau a chynllun y clawr: Brett Breckon

Rhif Llyfr Rhyngwladol: 978 1 84771 649 1

Cyhoeddwyd ac argraffwyd yng Nghymru
gan Y Lolfa Cyf., Talybont, Ceredigion SY24 5HE
gwefan www.ylolfa.com
e-bost ylolfa@ylolfa.com
ffôn 01970 832 304
ffacs 832 782

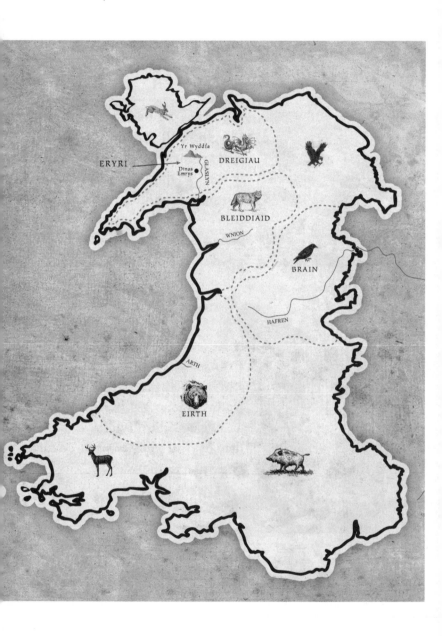

ERYRI

Yr Wyddfa

Dinas Emrys

GLASLYN

DREIGIAU

BLEIDDIAID

WNION

BRAIN

HAFREN

ARTH

EIRTH

Bleddyn, 14 oed
Llwyth: Y Bleiddiaid
Nodweddion y llwyth: Gwallt tywyll. Clyfar, cyfrwys, cyflym, ffyrnig, gweithio'n dda fel tîm. Dewr – enwog am fedru diodde poen, helwyr da sy'n driw i'w gilydd.

Branwen, 14 oed
Llwyth: Y Brain
Nodweddion y llwyth: Gwallt a llygaid du. Doeth, gofalus, dringwyr arbennig o dda. Medru bod yn orsiaradus.

Arthur, 13 oed
Llwyth: Yr Eirth
Nodweddion y llwyth: Arbennig o fawr a chryf ond ddim yn arbennig o glyfar ac yn dal i ddefnyddio arfau pren. Pobol ddewr â chalonnau mawr. Hoff iawn o fwyd, ac yn annwyl iawn – nes i chi eu croesi.

Drogen Fach, bron yn 12 oed
Llwyth: Y Dreigiau
Nodweddion y llwyth: Gwallt melyn a chroen gwelw, yn aml yn fach ac eiddil. Tueddu i weithio fel unigolion yn hytrach nag fel tîm. Dawn arbennig i drin tân. Peryglus pan fyddan nhw wedi gwylltio. Rhai'n gallu gweld i'r dyfodol.

1: Y Bleiddiaid

Gwenodd Bleddyn wrth edrych ar y pentwr gwaedlyd wrth ei draed. Roedd o wedi dal digon o gwningod i fwydo'r teulu am dridiau! Ac er mai Bleddyn oedd yr ieuenga o'r criw hela, ac yntau'n ddim ond pedwar gaeaf ar ddeg, roedd o wedi llwyddo i ddal mwy na neb.

'Ti'n chwip o ddyn efo'r bwa 'na, chwarae teg i ti,' meddai Owain wrth iddyn nhw redeg yn ôl ar hyd glannau afon Wnion am y pentre. Dyn! Roedd o wedi ei alw'n ddyn. Ac roedd ganddo ddau aeaf i fynd cyn y seremoni fyddai'n ei droi yn ddyn go iawn! Allai o ddim disgwyl nes y byddai ei dad wedi torri arwydd y blaidd i mewn i groen ei freichiau. Byddai'r marc wedi ei serio ar ei gorff am byth wedyn. Byddai, mi fyddai'r nodwydd asgwrn yn brifo, ond doedd poen erioed wedi bod yn broblem i Bleddyn. Roedd llwyth y Bleiddiaid yn enwog am fedru diodde poen heb gwyno. Ychydig iawn o grio fyddai i'w glywed gan unrhyw un o blant y llwyth. Oedden, roedden nhw'n crio digon pan oedden nhw'n fabis, ond y munud roedden nhw'n ddigon hen i fedru sefyll – a disgyn – roedden nhw'n dysgu peidio â chrio. Dim ond babis oedd yn crio, a dyna ni.

Y Bleiddiaid oedd y bobol ddewra, cyflyma, cyfrwysa a pherycla o holl lwythau'r wlad; roedd pawb yn gwybod hynny. Dim ond pastynau a gwaywffyn pren oedd gan y llwythau eraill, ond roedd y Bleiddiaid wedi llwyddo i wneud arfau allan o haearn. Yn union fel bleiddiaid pedair coes, roedden nhw'n gallu cydweithio'n wych fel tîm, yn gallu hela, dal a lladd unrhyw beth oedd yn symud. Roedden nhw'n driw i'w gilydd ac i gyd yn parchu ei gilydd, ond yn gwybod pwy oedd y bòs. Blewyn Du oedd hwnnw, y dyn mwya a chryfa ohonyn nhw i gyd. Doedd o ddim yn ifanc bellach, ond roedd o'n dal yn iach fel cneuen ac yn gryf fel ceffyl a doedd gan neb o'r dynion eraill yr wyneb i herio'i awdurdod eto. Ond, os byddai o'n dangos unrhyw arwydd o wendid, yn mynd yn sâl neu'n torri ei goes, byddai ei gyfnod fel Pennaeth y llwyth yn dod i ben. Wedyn, byddai'r dynion eraill oedd yn gweld eu hunain yn ddigon cyfrwys, cryf a chyflym i gymryd ei le yn ymladd i brofi mai nhw ddylai fod y Pennaeth nesa. Doedd Bleddyn erioed wedi gweld hyn yn digwydd, gan mai Blewyn Du oedd y Pennaeth ers cyn iddo gael ei eni, ond roedd ei fam wedi disgrifio'r cwbwl iddo pan oedd o'n hogyn bach.

'Roedd Mellten Wen, y Pennaeth cyn Blewyn Du, wedi cael ei glwyfo wrth hela baedd gwyllt. Roedd o'n mynnu ei fod o'n iawn, ond ddyddiau wedyn roedd o'n dal yn gloff ac yn amlwg mewn poen. Aeth rhai o'r dynion ato'n gofyn iddo fo benodi rhywun arall yn bennaeth.

'"Byth!" gwaeddodd Mellten Wen. "Nid dyna ffordd y Bleiddiaid! Ers y dechrau un, pan gawson ni'n creu o'r famflaidd, ymladd sy'n penderfynu pwy sy'n ben! Dowch 'ta! Dowch y cachgwn! Sgynnoch chi f'ofn i?" Doedd neb am ymosod ar ddyn oedd yn amlwg yn wael, ond cafodd rhywun ei wthio ymlaen gan rywun arall. Cythrodd Mellten Wen am hwnnw a phlannu ei ddannedd i mewn i'w war nes bod hwnnw'n sgrechian. A'r peth nesa, roedd pawb yn ymosod ar bawb, a gwaed a chnawd yn tasgu i bob man. Ac yn y diwedd, pwy wyt ti'n meddwl oedd yr unig un oedd yn dal ar ei draed?'

'Blewyn Du?' mentrodd y Bleddyn bach ifanc.

'Ia, a chorff yr hen bennaeth yn rhacs wrth ei draed o. Dyna brofi mai fo oedd y dyn mwya cymwys i'n harwain ni.'

'Oedd Dad yn un o'r dynion fu'n ymladd?'

'Nag oedd. Roedd o'n rhy ifanc ar y pryd. Ond os fydd rhywbeth yn digwydd i Blewyn Du...'

'Mi fysa Dad yn curo'r lleill i gyd!' Roedd y Bleddyn bach, fel pob plentyn o'i oed, yn credu mai ei dad ei hun oedd y gorau o'r cyfan. Roedd o'n dal i gredu hynny. Ei dad oedd ei arwr o hyd, ond yn dawel bach. Doedd fiw i neb honni fod rhywun yn well na'r Pennaeth.

Torrodd llais ar draws ei feddyliau. 'Bleddyn!' galwodd ei fam o geg yr ogof. 'Rho'r gorau i freuddwydio a dechreua flingo'r cwningod 'na cyn i'r cig fynd yn ddrwg! Ddaw dy chwiorydd i dy helpu di unwaith y down nhw 'nôl o hela.'

Rholiodd Bleddyn ei lygaid. Dyma ni eto, dim diolch am ei lwyddiant. Ac nid 'hela' oedd ei chwiorydd, nid 'hela' oedd chwilio am wyau adar a dal llygod bach! Ond roedd ei fam yn llygad ei lle fel arfer: roedd cig cwningod, yn wahanol i ysgyfarnogod, yn hel blas drwg os nad oedden nhw'n cael eu blingo'n weddol sydyn. Eisteddodd ar garreg a dechrau arni gyda'i gyllell fechan.

Roedd o a'i chwiorydd bron â gorffen y pentwr pan glywson nhw goblyn o sŵn yn dod i fyny'r bryn. Sŵn lleisiau cyfarwydd yn gweiddi, sŵn lleisiau cwbwl ddieithr yn udo a wylo. Neidiodd Bleddyn ar ei draed a brysio at y dderwen fawr oedd yn ganolbwynt y pentre.

Roedd Blewyn Du'n arwain criw o bobol druenus yr olwg tuag atyn nhw, a'i dad a'r dynion eraill yn defnyddio'u gwaywffyn a'u cleddyfau i'w brysio ymlaen, tua deugain o ddynion, merched a phlant, i gyd â gwalltiau du fel y nos, a mentyll o blu duon yn garpiau am eu hysgwyddau. Roedden nhw i gyd yn faw a chwys drostyn nhw, a gwaed yn diferu o'u clwyfau, rhai'n cael eu cario, rhai'n hercian yn gloff gyda changhennau fel baglau dan eu ceseiliau, rhai wedi eu clymu'n sownd yn ei gilydd.

Pwy goblyn oedden nhw?

'Arhoswch!' bloeddiodd Blewyn Du, a stopiodd pawb yn stond. Daeth gweddill llwyth y Bleiddiaid allan o'u hogofâu ac i lawr o'r coed i syllu ar y bobol ryfedd yma o'u blaenau.

'Daethon ni o hyd i'r rhain ar ein tiroedd NI!' rhuodd Blewyn Du. 'Brain! Brain sy i fod i gadw at eu tiroedd nhw yn y dwyrain!'

'Cywilydd!' gwaeddodd rhai o'r dorf.

'Y diawliaid digywilydd!' rhuodd rhywun.

'Lladdwch nhw i gyd!' sgrechiodd hen wraig oedd yn sefyll wrth danllwyth o dân agored.

'Cael ein lladd oedden ni!' protestiodd un o'r dynion,

a gwaed yn diferu o'i lygad dde. 'Roedden ni'n gorfod dianc i rywle! A dim ond –'

Dwrn Blewyn Du gaeodd ei geg o. Syrthiodd y dyn i'r llawr a glaniodd un o'i ddannedd wrth draed Bleddyn.

'Dyna dy ddysgu i aros dy dro cyn deud dim,' meddai Blewyn Du. "Dach chi ar dir y Bleiddiaid rŵan, ein tiroedd ni – ein rheolau ni. A rhowch y gorau i udo neu mi fydda i'n eich taflu chi ar y tân yma!'

Roedd rhai o blant bychain y Brain yn sgrechian crio, a cheisiodd y lleill eu cysuro a'u siarsio i fod yn dawel.

'Dyna welliant,' meddai Blewyn Du. 'Rŵan, ti,' meddai gan bwyntio at ddyn tal oedd â gwallt hir at ei ben ôl. 'Dwêd pwy ydach chi ac eglura i bawb pam eich bod chi wedi meiddio tresmasu ar dir y Bleiddiaid.'

'Ni yw'r Brain o diroedd afon Hafren,' meddai hwnnw'n araf, mewn acen oedd yn ddieithr i Bleddyn. 'A doedd gennon ni'm dewis ond tresmasu. Fydden ni byth wedi meiddio mentro i'r cyfeiriad yma fel arall; ryden ni, fel pawb, yn parchu Bleiddiaid Meirionnydd, yn gwybod pa mor ffyrnig ydech chi.'

Doedd y dyn yma ddim yn dwp, meddyliodd Bleddyn. Roedd o'n gwybod bod angen canmol a dangos parch os oedd o am fod ag unrhyw obaith o aros ar dir y byw. Aeth y dyn yn ei flaen:

'Ond mae 'na hunllef yn dod o'r dwyrain, pobol na welais i eu tebyg erioed o'r blaen. Maen nhw'n lladd a difa pob dim sy'n eu ffordd nhw, yn rhwygo babanod yn eu hanner, yn bwyta cnawd dynion!'

Fferrodd y dorf o'i gwmpas. Bwyta cnawd dynion? Doedd bosib? Roedd hynny'n ffiaidd, yn torri cyfraith y duwiau!

'Welais i'r peth efo fy llyged fy hun,' meddai'r dyn.

'Gweld y peth?' wfftiodd Blewyn Du. 'Pam na fyddet ti wedi eu rhwystro nhw 'ta, y?'

'Am fod miloedd ar filoedd ohonyn nhw,' meddai'r dyn, 'yn ffrwydro allan o'r tywyllwch ganol nos, eu dannedd yn finiog fel anifeiliaid gwylltion, eu cleddyfau hirion yn sgleinio yng ngolau'r lleuad, a'u cyrff yn goch efo gwaed – gwaed fy mhobol i, a gwaed y bobol maen nhw wedi eu lladd bob cam o'r ffordd o ble bynnag daethon nhw. Doedd dim dewis ond ceisio dianc, rhedeg am ein bywydau, a'r bobol welwch chi yma ydi'r cwbwl sy ar ôl o'n pentre ni, pentre o gannoedd.' Roedd ei lais yn dechrau torri a'i lygaid yn sgleinio.

'Roedden ni'n gwybod y bydden ni'n dod ar eich traws chi'n hwyr neu'n hwyrach, ac roedd rhai am i ni wyro tua'r de, ond roedd yn rhaid eich rhybuddio chi – a phawb arall sy'n byw tua'r gorllewin. Maen nhw'n dod i'r cyfeiriad yma...'

Safodd pawb yn fud, yn ceisio gwneud synnwyr o'i eiriau.

'Lol botes!' gwaeddodd yr hen wraig wrth y tân. 'Deud celwydd mae o, i drio achub ei groen! Dod yma i ymosod arnon ni oedden nhw – gweddill y Brain sy ar y ffordd, ddim rhyw bobol efo dannedd miniog! Pobol sy ddim yn bod!'

'Credwch chi fi – maen nhw'n bod!' protestiodd y dyn.

'A phan welwch chi nhw, mi fyddwch chi, hen wraig, yn gweddïo am farwolaeth sydyn; dw i'n amau fyddech chi, fwy nag oedd fy mam innau, yn gallu rhedeg yn ddigon cyflym...'

'Dyna ddigon!' meddai Blewyn Du, oedd wedi synhwyro fod geiriau'r dyn wedi dechrau dychryn ei bobol. 'Wnes i erioed gredu gair ddywedodd unrhyw Frân erioed a wela i ddim rheswm i ddechrau arni rŵan. Rhowch nhw i gyd yn y cawell, gwnewch yn siŵr bod y rhaffau'n dynn am eu dwylo a'u traed, a chadwch olwg arnyn nhw.'

Brysiodd ei ddynion i ufuddhau, ac yna galwodd Blewyn Du am gyfarfod gyda'i brif filwyr a'r gwragedd doeth. Byddai'n rhaid trafod – ar unwaith.

Cafodd Bleddyn ei osod fel un o'r rhai i gadw golwg ar y Brain. Safodd yno gyda'i waywffon, yn craffu arnyn nhw. Doedd 'na'm golwg ymosod ar neb arnyn nhw. Pwy fyddai'n cario plant bychain i frwydr? Ac efallai mai milwyr y Bleiddiaid oedd wedi achosi rhai o'r anafiadau, ond roedd gan rai grachod ag ôl dyddiau arnyn nhw, ac roedd ambell lygad ddu wedi troi'n felyn.

Sylwodd yn sydyn ar ferch ifanc â llygaid rhyfeddol yn rhythu arno. Llygaid duon, hardd yn syllu heb arlliw o ofn. Roedd ganddi wallt hir, blêr, yn ddail a mwsog i gyd, a mantell fer o blu duon am ei hysgwyddau. Gallai Bleddyn weld fod ei choesau a'i breichiau wedi eu crafu'n rhacs, ac roedd ei thraed, fel traed y gweddill, yn waed i gyd. Dim rhyfedd, os oedden nhw wedi bod yn rhedeg am eu bywydau ers dyddiau.

Yn sydyn, hedfanodd rhywbeth tywyll drwy fariau pren y cawell a glanio ar ei hysgwydd: brân, brân go iawn. Gan ddefnyddio ei phig tywyll, milain yr olwg, chwaraeodd y frân â gwallt y ferch am rai eiliadau. Yna trodd yr aderyn ei ben i rythu arno, yn union fel y ferch. Llyncodd Bleddyn yn galed. Roedd y ddau bâr o lygaid duon yn gwneud iddo deimlo'n annifyr. Trodd i edrych i'r chwith, fel pe bai rhywbeth llawer mwy diddorol yno. Ond wedi rhai munudau, allai o ddim peidio â gadael i'w lygaid grwydro 'nôl... ac roedd hi'n dal i rythu arno, ond yn gwenu y tro yma. Gwên ryfedd, oedd yn gwneud rhywbeth rhyfedd i'w stumog. Iechyd, roedd hi'n dlws. Yna, cododd y ferch ei llaw a thynnu ei bys yn araf, araf ar draws ei gwddf – ac roedd y wên wedi diflannu.

2: Yr Eirth

Roedd Arthur yn cael trafferth cysgu. Roedd ei dad yn chwyrnu eto. Cododd y croen carw dros ei ben a stwffio'i fysedd yn ei glustiau, ond roedd y sŵn yn dal i'w glywed ac yn mynd ar ei nerfau, a doedd Arthur ddim y gorau am reoli ei dymer. Roedd e'n dechrau gwylltio o ddifri nawr. Cododd ar ei eistedd ac edrych o'i gwmpas. Roedd y tân wrth geg yr ogof yn dal i fudlosgi a gallai weld fod ei fam a'i frodyr a'i chwiorydd yn cysgu'n sownd. Sut gebyst oedden nhw'n gallu cysgu drwy'r fath sŵn? Mae'n rhaid eu bod nhw'n stwffio mwsog i'w clustiau.

Edrychodd ar siâp cefn anferthol ei dad ac am eiliad – ond dim ond am eiliad – dychmygodd gydio mewn carreg go fawr a'i waldio dros ei ben. Yna rhoddodd slap iddo'i hun am feddwl y fath beth. Roedd yn rhaid iddo ddianc o'r cwt cerrig yma; doedd hyn yn gwneud dim lles iddo, yn amlwg.

Ceisiodd gropian yn ofalus dros a rhwng y cyrff i gyd, oedd ddim yn hawdd, gan fod Arthur yn fachgen mawr, ymhell dros ei chwe throedfedd, a chanddo ysgwyddau fel arth go iawn. Ac yntau'n ddim ond tri gaeaf ar ddeg, roedd yn fwy na'i dad hyd yn oed. Roedd hyn yn plesio pawb, wrth gwrs, gan fod llwyth yr Eirth i fod yn debyg i eirth – neu beth fyddai pwynt galw eu hunain yn llwyth yr Eirth? Y gred oedd bod y llwyth wedi dechrau ganrifoedd lawer yn ôl pan gafodd merch ei chipio gan arth a dod yn ôl at ei phobol flwyddyn yn ddiweddarach gyda phlentyn yn ei breichiau... Disgynyddion y plentyn hwnnw oedd llwyth yr Eirth. Dyna pam na fydden nhw byth yn hela eirth, a pham na fyddai eirth byth yn ymosod arnyn nhw. Dyna hefyd pam y byddai pawb yn gwisgo cadwyn o ddannedd eirth am eu gyddfau – fel arwydd o barch.

Llwyddodd Arthur i gyrraedd y drws heb sathru ar neb, a chamu allan i'r nos. Roedd hi'n noson glir ac roedd miloedd ar filoedd o sêr yn disgleirio uwch ei ben: eneidiau oedd wedi marw. Roedd ei dad-cu'n un ohonyn nhw. Byddai hwnnw'n chwerthin am ei ben nawr mae'n siŵr, y chwerthiniad uchel, afreolus roedd Arthur yn ei golli gymaint. Roedd e wedi byw'n hen, bron hanner cant o aeafau, mwy nag unrhyw un arall o'r llwyth. Ond marw'n dawel yn ei gwsg wnaeth e yn y diwedd, a chael ei losgi wedyn mewn seremoni o ganu, udo a dawnsio na fyddai Arthur yn ei hanghofio byth. Cododd ei law at y sêr.

'Shwmai, Tad-cu,' sibrydodd. 'Pam oedd raid i chi fagu mab sy'n chwyrnu mor uffernol, y?'

Sylweddolodd fod ganddo syched a cherddodd i lawr at yr afon a redai heibio'r pentre i lawr am y môr. Afon Arth oedd enw honno, wrth gwrs. Aeth ar ei fol ar y lan ac yfed yn ddwfn ohoni – dŵr hyfryd, oer, glân. Yna eisteddodd i wrando ar synau'r nos. Tylluanod yn galw ar ei gilydd, ambell flaidd yn udo i'r gogledd, pysgod yn neidio, rhywun yn sgrechian... sgrechian? Oedd teulu ei gyfaill, Uthr, wedi bod yn yfed gormod o fedd ac yn waldio'i gilydd yn rhacs eto? Trodd ei ben i gyfeiriad y sgrech. Sgrech plentyn. Ond sgrech dyn hefyd. Mwy nag un! Gallai glywed ugeiniau o bobol yn gweiddi, a sŵn chwalu a malu a phastynu – a lladd...! Neidiodd ar ei draed a brysio 'nôl am y pentre. Gallai weld ugeiniau o gyrff yn gwibio drwy'r coed a'r cytiau cerrig, dynion yn dal arfau oedd yn disgleirio yng ngolau'r hanner lleuad. Roedden nhw'n ymosod ar lwyth yr Eirth! Ac os nad oedd e'n ofalus, fe fydden nhw'n ei weld ac yn ymosod arno yntau hefyd. Camodd y tu ôl i goeden a cheisio meddwl. Ond nid meddwl oedd un o'i gryfderau. Ei gyhyrau oedd ei gryfder e, nid gweithio tactegau mas yn ei ben – nid ar frys fel hyn! Ond os na wnâi e rywbeth, byddai'r dihirod hyn yn lladd ei deulu! Cododd gangen fawr o'r llawr, cangen allai wneud difrod, a cherdded yn ofalus o goeden i goeden tuag at gwt cerrig ei deulu. Roedd un o'r dynion arfog wrth y drws, yn sefyll yno'n barod i daro pwy bynnag a ddeuai allan.

'Ti wedi dewis y cwt anghywir, gyfaill...' meddyliodd Arthur, cyn camu'n dawel y tu ôl iddo, codi'r gangen uwch ei ben a chwalu penglog y dihiryn. Edrychodd o'i gwmpas yn sydyn. Doedd neb wedi ei weld. Rhoddodd ei ben drwy'r drws.

'Codwch!' gwaeddodd. 'Mae rhywun yn ymosod arnon ni! Dewch â'ch arfau!' Safodd yn ei ôl i warchod y drws. Daeth pen ei fam allan.

'Mas! Brysiwch!' meddai Arthur wrthi. 'A rhedwch nerth eich traed am y goedwig!' Ond aeth ei fam yn ôl i mewn, cyn dod allan eto gyda phlentyn ym mhob llaw – a rhedeg hynny allai ei chorff trwm am y goedwig. Daeth ei dad allan yn gysglyd.

'Beth yn enw –?'

'Dihirod yn ymosod – yn lladd pawb! Ydi'ch pastwn chi gyda chi?'

Daeth brodyr Arthur allan gyda phastwn yr un. Cydiodd y tad yn un ohonyn nhw a'i daro'n erbyn cledr ei law.

'Ymosod ar ein pentre ni? Pwy ddiawl maen nhw'n feddwl y'n nhw? Dere 'ma y bwbach!' Roedd un o'r dihirod o fewn pum llath iddo, ac o fewn dim roedd hwnnw ar y llawr, ei ben wedi ei falu'n rhacs gan bastwn derw tad Arthur. Clywodd Arthur sŵn rhywun y tu ôl iddo. Trodd yn wyllt a theimlo rhywbeth yn chwibanu heibio'i glust, cyn dyrnu ei arf pren i stumog y dyn oedd wedi ceisio'i ladd. Plygodd hwnnw yn ei hanner, gan roi targed perffaith i droed Arthur roi cic iddo i ebargofiant.

Roedd y munudau nesa fel hunllef: dynion yn neidio o bob cyfeiriad, yn ymosod arno fe a'i frodyr. Doedd dim golwg o'i dad, ond gallai ei glywed yn rhuo a rhegi yn y tywyllwch. Roedd Arthur wedi llwyddo i gydio yn un o arfau'r dihirod: arf hir, miniog oedd yn torri drwy gnawd fel petai'n ddim mwy na menyn. Lladdodd ddyn arall, a dal arf hwnnw yn ei law chwith. Efallai eu bod nhw angen dwy law i allu trin yr arfau hyn, ond roedd un llaw yn ddigon i Arthur. Rhuai'n wyllt wrth drywanu a thorri cyrff ar ei dde a'i chwith. Gwelodd griw yn rhedeg drwy'r goedwig ar ôl merch fach oedd yn ceisio dianc, a hedfanodd ar eu holau.

Wedi brwydr waedlyd arall, gorweddai'r dihirod yn

fud wrth ei draed. Ond na, roedd un yn dal i riddfan. Poerodd Arthur arno.

'Pwy y'ch chi, y?' gofynnodd yn gas. 'O ble ddaethoch chi a pham eich bod chi wedi ymosod arnon ni?'

Edrychodd y dyn arno gyda llygaid llawn poen, yna ysgwyd ei ben.

'Beth mae hynna'n feddwl? Ddim yn deall Cymraeg?'

Sibrydodd y dyn rywbeth mewn iaith gwbwl ddieithr, iaith hyll oedd yn mynd ar nerfau Arthur yn syth. Châi o ddim synnwyr allan o hwn. Plannodd ei arf newydd rhwng ei asennau a'i ddal yno nes iddo dawelu. Yna cododd ei ben a gweld y ferch fach yn rhythu arno'n ddagreuol o'r tu ôl i goeden.

'Rheda!' hysiodd arni. 'Rheda nes byddi'n methu rhedeg mwy!'

Ufuddhaodd y ferch a throdd Arthur yn ôl am y pentre – yn ofalus.

Roedd y dihirod wedi diflannu. Wel, y rhai oedd yn dal yn fyw. Ond dim ond rhyw hanner dwsin o gyrff dieithr oedd i'w gweld ynghanol cannoedd o gyrff roedd Arthur yn eu nabod yn dda. Cyrff ei gyfeillion, cyrff eu mamau a'u chwiorydd, corff y Pennaeth ei hun. Ymlwybrodd yn araf drwy'r cytiau, y dagrau'n llifo a'r cyfog yn codi. Yna, stopiodd yn stond. Ei dad. Roedd ei dad ar y llawr, yn waed i gyd. Brysiodd tuag ato.

'Dad? Dad!'

Agorodd ei dad ei lygaid yn araf, a phesychu'n boenus. Llifai gwaed o'i geg.

'Arthur...'

'Fyddwch chi'n iawn! Gadewch i mi geisio'ch codi chi...'

Gwthiodd Arthur ei fraich y tu ôl i'w ysgwyddau i geisio'i godi ar ei eistedd, ond rhuodd ei dad mewn poen.

'Na, Arthur,' sibrydodd. 'Mae'r diawlied... wedi 'nghael i... Rwy'n gallu... teimlo fy ysbryd yn – yn gadael... Pwy o'n nhw, dwêd?'

'Dim syniad, fy nhad,' meddai Arthur drwy ei ddagrau. 'Ond fe gawn nhw dalu am hyn...'

'Na, ddim dy hunan, Arthur,' pesychodd ei dad, a gwingo gyda'r boen. 'Dy fam... gwna'n siŵr bod... dy fam yn iawn. Addo i mi...'

'Wy'n addo,' sibrydodd Arthur, oedd yn gallu teimlo'r bywyd yn araf lifo o'r corff yn ei freichiau.

'Ti'n fachgen da, Arthur... Cofia ffyrdd yr Eirth.'

Ceisiodd ei dad wenu arno. Ceisiodd Arthur wenu 'nôl, ond roedd ei wefusau'n crynu. Roedd e eisiau udo, crio fel babi blwydd, ond allai e ddim, ddim o flaen ei dad.

Yna, caeodd ei dad ei lygaid a disgynnodd ei ben yn ôl. Roedd e wedi mynd. Ei enaid wedi mynd i'r nefoedd, i ymuno â'r sêr. Roedd ei dad wedi marw. Cododd Arthur ei ben at yr awyr a sgrechian.

Erbyn iddo hel digon o goediach i wneud coelcerth fawr, a llusgo'r cyrff i gyd arni (ond nid cyrff y dihirod – fe gâi'r llwynogod a'r brain y rheiny), roedd yr haul yn uchel uwch ei ben. Cyneuodd y tân yn sydyn, a chamu yn ei ôl. Gwyliodd y fflamau'n neidio a dringo dros bobol roedd e wedi eu hadnabod ar hyd ei oes, dynion oedd wedi tynnu ei goes am fethu deall eu jôcs, merched o bob oed oedd wedi gwenu wrth deimlo'i gyhyrau'n tyfu, cyfeillion roedd e wedi chwarae cwffio gyda nhw, cyfeillion oedd wedi ei ddiawlio am fod mor gryf. Ond doedd e ddim wedi bod yn ddigon cryf i'w harbed nhw rhag hyn. Roedd hanner y pentre wedi eu lladd, a'r hanner arall? Duw a ŵyr ble roedden nhw bellach. Roedd rhai wedi rhedeg am y gogledd drwy'r goedwig, eraill i'r gorllewin am y môr. Ac olion y dihirod yn eu dilyn.

I'r goedwig yr aeth ei fam, diolch byth. Roedd gobaith ei bod hi a'r plant yn dal yn fyw, felly.

'Rho'r gorau i lefain, Arthur!' meddai wrtho'i hun. 'Ti yw'r dyn yn y teulu bellach. Ac rwyt ti'n ddigon mawr a chryf i ofalu am bawb.'

Wedi gweddïo i'r haul, y sêr ac ysbryd yr Eirth, a glanhau ei glwyfau gyda mwsog melyn, clymodd Arthur ei ddau arf newydd i'w gefn, a chyda chadwyn ei dad am ei wddf a'i bastwn yn ei law, camodd yn benderfynol am y gogledd.

3: Y Dreigiau

'I ble mae Drogen Fach wedi diflannu rŵan eto?' meddyliodd ei mam, gwraig fach denau gyda phlethen hir o wallt arian. Roedd arni angen help i baratoi'r bara ceirch a nôl mwy o ddŵr o'r ffynnon, heb sôn am geisio dal rhywfaint o bysgod i swper, a doedd ei merch ieuenga byth lle roedd hi i fod. Breuddwydio yn rhywle oedd hi eto, mae'n siŵr.

'Drogen! Ble wyt ti? DROOOGEEEN! Tyrd yma'r munud 'ma!' gwaeddodd.

Ond doedd dim ateb.

Chwarddodd y criw o blant gwallt melyn oedd yn chwarae ar gyrion y coed gerllaw. Roedden nhw wedi hen arfer clywed Buddug y Blethen yn gweiddi nerth ei phen ar Drogen Fach. Roedd y ferch yn anobeithiol, yn byw mewn breuddwyd drwy'r dydd, bob dydd, yn anghofio pethau ar ddim ac yn rhy fach a thila i chwarae gemau gyda nhw, er ei bod hi bron yn ddeuddeg gaeaf.

'Gormod o ddrogod wedi sugno'i gwaed hi dros y blynyddoedd!' chwarddodd un o'r bechgyn.

'Mae hi'n wirion o welw tydi?' meddai un o'r merched. 'Dw i'n gwybod fod pawb sy'n perthyn i lwyth y Dreigiau fel ni yn tueddu i fod â chroen golau, ond mae Drogen fath ag ysbryd!'

'Ma'i'n cerdded o gwmpas y lle fel ysbryd hefyd,' meddai merch arall. 'Baglu dros ei thraed ei hun am ei bod hi'n anghofio sbio i lle mae'n mynd!'

'Dowch! Awn ni i chwilio amdani – 'chydig bach o hwyl!' meddai'r bachgen, gan neidio i lawr o'i gangen.

Dilynodd y gweddill o'n syth, a rhedeg i mewn i'r goedwig ar ei ôl.

Roedden nhw wedi dod o hyd iddi mewn dim. Eisteddai wrth fonyn coeden dderw, yn mwmian canu iddi hi ei hun wrth wneud cadwyn allan o flodau. Cododd y bachgen ei fys at ei wefusau, cyn amneidio ar y lleill i amgylchynu Drogen yn araf a thawel. Cuddiodd y plant y tu ôl i goed a gwrychoedd, gan wylio'r bachgen yn dringo'r goeden roedd Drogen yn eistedd oddi tani. Pan allai hwnnw weld pen melyn golau Drogen dros ochor cangen fawr dew, tynnodd gerrig mân o'i boced a'u gollwng arni fesul un.

'Aw!' gwichiodd Drogen a sbio am i fyny i gyfeiriad y cerrig. Camgymeriad. Disgynnodd carreg fwy na'r gweddill ar ei thalcen. Sgrechiodd mewn poen a neidio o lwybr y cerrig. O fewn eiliadau, roedd y bachgen wedi neidio fel wiwer i'r llawr a'r gweddill wedi creu cylch o amgylch Drogen.

'O, bechod,' gwenodd un o'r merched, 'ylwch, mae hi'n gwaedu...'

'Dim ond crafiad bach ydi o,' meddai'r bachgen. 'Dyna ddysgu gwers i ti, Drogen! Mae helwyr y Bleiddiaid wastad yn barod i ddwyn genod bach gwallt melyn a'u llusgo 'nôl i'w hogofâu i wneud pethau erchyll iddyn nhw!'

''Dan ni gyd wedi cael ein dysgu i gadw'n clustia a'n

llygaid yn agored, rhag ofn,' meddai un o'r merched hyna, 'ac mae'n hen bryd i ti ddysgu edrych ar dy ôl dy hun...'

'Fedar hon byth edrych ar ôl ei hun, siŵr!' chwarddodd y bachgen. 'Ti'm yna i gyd, nagwyt, Drogen? Ddim fath â phawb arall, nag wyt?'

Doedd Drogen ddim wedi dweud gair, dim ond cyffwrdd ei thalcen â'i bysedd a syllu ar y gwaed. Ond rŵan roedd hi wedi codi ei llygaid i syllu ar y bachgen gyda'i llygaid rhyfedd, llygaid oedd bron yn felyn.

'Ti'n hogyn cas,' meddai'n dawel. 'A dw i'm yn hoffi pobol gas.'

'A does gen innau ddim 'mynedd efo pobol dwp fath â chdi!' chwarddodd hwnnw, gan gamu ymlaen a rhoi hergwd iddi nes ei bod ar wastad ei chefn yn y dail.

Symudodd hi'r un gewyn, dim ond gorwedd yno a'i llygaid wedi eu cau'n dynn.

'Ma'i wedi cnocio'i phen!' meddai un o'r merched mewn braw.

'Nac'di tad, esgus mae hi,' meddai'r bachgen, gan gamu ymlaen i roi cic iddi. Ond yn sydyn, stopiodd yn stond a gweiddi mewn poen.

'Be sy?' gofynnodd un o'r bechgyn eraill.

'Aw! Rwbath wedi'n llosgi i!' meddai hwnnw, gan fyseddu ei dalcen yn ofalus; ac oedd, roedd marc coch ar ganol ei dalcen.

'Cacwn wedi dy bigo di,' meddai un o'r merched.

'Cacwn? Ond mi fyswn i wedi'i weld o!'

'Pry llwyd 'ta. Hen bethau slei ydi'r rheiny.'

'Droooogeeeen!' Torrodd llais Buddug y Blethen drwy'r coed. 'Ble wyt ti?'

Rhewodd y plant. Doedden nhw ddim am gael eu dal yn pigo ar Drogen eto. Rhedodd pawb i bob cyfeiriad, gan adael Drogen ar ei phen ei hun. Agorodd ei llygaid a syllu ar y dail uwch ei phen.

Bu bron i'w mam faglu drosti.

'Be goblyn wyt ti'n neud, hogan?' gwaeddodd honno, gan ei llusgo ar ei thraed. 'Dw i wedi bod yn chwilio amdanat ti ers oesoedd! A be ti 'di neud i dy dalcen?'

'Brigyn...' meddai Drogen.

'O'r nefi... mae o'n ddwfn! Pam na fedri di ddysgu sbio ble ti'n mynd...? O drapia, a finnau angen dy help di – ond mi fydd raid i ti fynd at Dorti Ddu. Mi wnaiff hi ei drin o fel na neith o droi'n ddrwg. Tân dani – brysia! A brysia 'nôl wedyn hefyd!'

Wedi ychydig gamau, trodd Drogen i wylio'i mam yn brasgamu 'nôl at y pentre. Doedd hi ddim am frysio adre ar ôl gweld Dorti Ddu; Dorti oedd yr unig berson oedd yn ei deall hi. Ond roedd gan y plant eraill ofn Dorti am mai gwrach oedd hi, yn byw ar ei phen ei hun, hanner ffordd i fyny'r mynydd, a siâp rhyfedd copa'r Cnicht yn ei gwarchod. Ond gwrach dda oedd hi, yn gwella clwyfau a salwch. Pam oedd hynny'n codi ofn ar unrhyw un?

Dringodd Drogen yn hamddenol i fyny drwy'r coed, gan wenu a chodi llaw ar bob wiwer, sgwarnog, draenog, mochyn daear a charw a welai. Doedd hi'n poeni dim am anifeiliaid peryglus fel bleiddiaid a baeddod; roedd swyn Dorti Ddu'n cadw'r rheiny'n ddigon pell o'r dyffryn uchel hwn. Cadw i ddyffryn afon Glaslyn i'r gorllewin ac afon Dwyryd dros fynydd y Moelwyn fyddai'r rheiny. Roedd fan'no'n ferw o greaduriaid peryglus.

Gwenu wnaeth Dorti o'i gweld yn cerdded tuag ati, a thrin y clwyf ar ei thalcen yn syth; ei lanhau'n ofalus, a rhoi pwyth neu ddau yn y croen gyda nodwydd wedi ei gwneud o asgwrn pysgodyn. Yna taenodd eli wedi ei wneud o wahanol ddail a pherlysiau yn dyner dros y clwyf.

'Gorwedda'n dawel yn fan'na am 'chydig, i'r eli gael gweithio,' meddai. 'Mi wna i baned o ddail dant y llew i ni rŵan – ac nid brigyn nath hynna, naci Drogen Fach?'

'Naci.'

'Edrych yn debycach i garreg i mi...'

'Os 'dach chi'n deud...'

Gwenodd Dorti eto. 'Ti'n un dda am gadw cyfrinach, dwyt? Ddim pawb sy'n gallu, 'sti. Ddim pawb sy'n cael breuddwydion fel ti a fi chwaith... nid 'mod i wedi gweld fy rhai i'n glir iawn yn ddiweddar. Mynd yn hen mae'n rhaid!' chwarddodd gan ddangos yr ychydig ddannedd oedd ar ôl ganddi. 'Wel... be ti 'di bod yn breuddwydio amdano 'ta?'

'Pethau hyll. Pethau sy'n codi ofn arna i braidd.'

'O? Dwêd fwy...'

'Plant bach yn crio, yn torri eu calonnau... eu rhieni'n gwaedu o'u blaenau nhw... dynion drwg yn gwneud pethau erchyll...'

'Dynion drwg? Oeddet ti'n gallu deud pwy'n union oedden nhw? Y Bleiddiaid falle?'

'Naci, nid Bleiddiaid. Roedd rhain yn ddiarth... yn siarad iaith ddiarth.'

Sythodd Dorti. Estynnodd am ychydig o goed tân.

'Chwytha ar y brigau 'ma i mi, wnei di?'

'Fi?' meddai Drogen yn ddryslyd. 'Iawn...'

Chwythodd, heb gyfadde ei bod yn teimlo'n hurt yn gwneud hynny, ac yna gwyliodd Dorti'n eu gosod yn ofalus ar y tân.

'Ond tasa 'na ddynion drwg ar y ffordd yma, mi fedrech chi eu rhwystro nhw, 'yn gallech, Dorti?'

'Dw i'm yn siŵr... dibynnu pwy ydyn nhw ac o ble maen nhw wedi dod,' meddai Dorti, gan wylio'r tân yn ofalus. 'Dydi fy swynion i ddim yn gweithio ar bawb. Falle mai dim ond dreigiau – dreigiau go iawn – fedar rwystro'r rhain.'

'Ond... ond does 'na'm dreigiau go iawn ar ôl, nagoes? Mi gafodd yr un ola ei lladd ganrifoedd yn ôl, 'yn do?'

'Wel... do, ond fel dwedaist ti – "hi" oedd honno,' meddai Dorti gyda gwên fach slei. 'Ac mae 'na sôn ei bod hi wedi dodwy wyau a'u cuddio nhw cyn iddi farw...'

'Na! Wyddwn i mo hynny!'

'Dim ond sôn, cofia; efallai mai stori ydi hi a dim –' Trodd Dorti ei phen yn sydyn; roedd rhywbeth yn y tân wedi tynnu ei sylw. 'Brensiach! O na...!'

'Be sy, Dorti?'

Rhythai Dorti ar y fflamau oedd wedi dechrau neidio'n wyllt. Roedd ei llygaid fel dwy leuad lawn, a'i gwefusau'n crynu. Yna disgynnodd deigryn i lawr ei boch.

'O, na, na... mor drist... mor drist...'

'Dorti!' meddai Drogen yn wyllt. 'Be 'dach chi'n ei weld?'

'Y dieithriaid yn dy freuddwydion di... maen nhw ar y ffordd yma, Drogen! Ond... aros... Mae 'na wyneb yma... Pwy? Aaaaa! Wrth gwrs! Ro'n i wedi amau erioed!'

Neidiodd yr hen wraig ar ei thraed fel dynes hanner ei hoed a dechrau chwilota'n wyllt yn y llanast o dan ei gwely o goediach a mwsog. Siaradai gyda'i hun, yn rhy gyflym i Drogen ddeall gair. Yna tynnodd bentwr o gadachau allan o'r blerwch, cyn troi a'u gosod o flaen Drogen.

'Dyma ti. Ti pia'r rhain rŵan.'

'Y cadachau 'ma?'

Ysgydwodd Dorti ei phen yn ddiamynedd, a dechrau pilio'r cadachau 'nôl yn ofalus, gan ddangos dwy garreg dywyll, siâp wy.

'Be ydyn nhw, Dorti?'

'Wyau draig, siŵr iawn! Gofala ar eu holau nhw a phaid â gadael i neb eu dwyn nhw oddi arnat ti! Cysga efo nhw bob nos!' Bachodd Dorti gwdyn o groen dafad oddi ar fachyn a gwagio'r dail a pherlysiau ohono. 'Rho nhw yn hwn. Dyna ti... efo'r cadachau... Rŵan, brysia 'nôl at dy deulu a dwêd wrthyn nhw 'mod i'n deud bod yn rhaid iddyn nhw bacio'u pethau a rhedeg am Eryri – rŵan! Ar frys!'

'Be? Ond –'

'Mi fydd yr wyau'n gwybod pryd fydd yr amser. Ond dos di am Eryri. Y mynyddoedd ucha yng Nghymru – dilyna'r eryrod. Mi wnân nhw ddangos y ffordd. A dim bwys be fydd yn digwydd i neb arall – mae'n RHAID i ti fynd i Eryri! Iawn? Addo i mi rŵan yr ei di yno!'

'Dw i'n... dw i'n addo!' meddai Drogen, a'i phen yn troi. 'Ond be amdanoch chi? Ble 'dach chi am –?'

'Paid ti â phoeni amdana i! Cofia bob dim dw i wedi ei ddysgu i ti am gyfrinachau'r blodau gwyllt! Rŵan, dos!' Roedd hi'n gwthio Drogen o'i blaen erbyn hyn, ei llygaid yn neidio i bob cyfeiriad a'i cheg yn gwneud stumiau rhyfedd fel rhywun gwallgo. 'Dos fel y gwynt!'

Rhedodd Drogen i lawr ochor y mynydd, a'r wyau cerrig yn taro'n erbyn ei chefn gyda phob cam. Erbyn iddi gyrraedd y pentre roedd ei gwynt wedi mynd yn lân.

'Mam! Dad! Mae... mae... mae...' Ond roedd y geiriau'n gwrthod dod allan.

'Cymer anadl ddofn,' meddai ei thad yn glên. 'Dyna fo, rŵan, yn araf... be sy?'

Fesul brawddeg araf, eglurodd Drogen beth roedd Dorti wedi ei ddweud wrthi. Pwysleisiodd fod yn rhaid i bawb godi pac a rhedeg am y gogledd ar fyrder. Bod y Dieithriaid ar eu ffordd. Edrychodd ei rhieni ar ei gilydd, a gwenu.

'Ti wedi bod yn bwyta madarch eto, 'yn do, Drogen Fach?' meddai ei thad gan ei goglais o dan ei gên. 'Dieithriaid, wir! Does 'na neb wedi dod o hyd i ni i fyny fan'ma erioed, a hyd yn oed os down nhw, mi fyddwn ni'n fwy na pharod amdanyn nhw!'

'Ond mae angen i bawb fynd i Eryri, at y mynyddoedd ucha yng Nghymru!' protestiodd Drogen.

'Mae'r Cnicht yn uwch na'r un copa arall, siŵr!' chwarddodd ei mam. 'Rŵan, callia, a helpa fi i lanhau'r pysgod 'ma.'

Ond brysio i rannu neges Dorti efo gweddill y pentre wnaeth Drogen. Yr un oedd ymateb pawb. Doedd neb yn ei chredu, neb yn fodlon symud modfedd a phawb yn gwneud hwyl am ei phen hi. 'Y gnoc 'na ar dy ben di oedd hi!'

Safodd Drogen ynghanol y pentre, gyda'r cerrig yn y sach ar ei chefn, a'r dagrau'n llifo i lawr ei hwyneb.

4: Y Dieithriaid

Cadw golwg ar y Brain oedd Bleddyn pan redodd Owain i lawr o'r bryn. Roedd o'n hanner cysgu a dweud y gwir, ond mi ddeffrodd yn syth o glywed llais Owain yn sgrechian:

'Maen nhw'n dod! Maen nhw'n dod! Deffrwch! Y Dieithriaid! Cannoedd ohonyn nhw!'

Rhag ofn bod y Brain yn dweud y gwir wedi'r cwbwl, roedd y pennaeth, Blewyn Du, wedi gosod gwylwyr ar y bryniau uwchben y pentre. Roedden nhw wedi bod yno ddydd a nos ers hynny.

'Ddwedson ni'n do!' gwaeddodd y Brain o'r cawell. 'Gollyngwch ni'n rhydd i ni gael brwydro efo chi!'

Ond roedd llwyth y Bleiddiaid yn rhy brysur yn rhedeg 'nôl ac ymlaen yn casglu eu harfau a gyrru'r henoed a'r plant am y gorllewin i gymryd sylw ohonyn nhw. Cyfarth gorchmynion oedd Blewyn Du, yn gyrru dynion i ddringo'r coed ac i ofalu fod y maglau a'r trapiau'n barod ac yn amhosib eu gweld. Sylwodd Bleddyn fod udo bleiddiaid go iawn i'w glywed yn glir o'r bryniau.

Rhedodd at yr ogof i ofalu fod ei fam a'i chwiorydd yn dianc ac yn mynd ag arfau efo nhw. Llwytho sachau o fwyd ar ysgwyddau ei phlant oedd ei fam, cyn eu siarsio i redeg am Lynnoedd Cregennan ac i aros amdanyn nhw yno.

'A chithe rŵan!' gwaeddodd Bleddyn arni.

Ond sythu wnaeth honno.

'Dw i'n aros i frwydro! Mi fedra i drin bwa a saeth gystal â chdi unrhyw ddiwrnod, 'ngwas i!'

'Ond Mam, ddim dyna ddwedodd Dad –'

''Dio'm yn iawn bob tro! Dw i'n aros a dyna fo! Rŵan, cer i ble bynnag ti fod! Brysia!'

Doedd dim diben cega. Rhedodd Bleddyn am y goeden lle roedd o wedi cuddio bwa, pentwr o saethau a chyflenwad o ddŵr a chig carw wedi'i sychu ers dyddiau. Ond golygai hynny basio'r cawell llawn carcharorion oedd yn sgrechian a gweiddi arno.

'Gollynga ni'n rhydd! Mi allwn ni helpu!' Roedd hynny'n gwneud synnwyr, ond allai o ddim mynd yn groes i orchymyn Blewyn Du. Yna, cafodd ei lygaid eu tynnu tuag at y ferch â'r llygaid rhyfeddol. Roedd hi'n sefyll ar ei phen ei hun, a'i llygaid yn treiddio drwy'r tywyllwch. Estynnodd ei dwylo ymlaen ato, gan ddangos y rhaff am ei garddyrnau.

'Fydd gennon ni'm siawns fel hyn,' meddai ei gwefusau.

Roedd hi'n iawn, wrth reswm. Oedodd Bleddyn. Byddai Blewyn Du am ei waed... ond allai o ddim gadael i waed y bobol yma lifo. Sylwodd fod y goeden lle roedd ei fwa yn llawn cannoedd o frain yn crawcian ar ei changhennau, ac roedd rhywbeth yn dweud wrtho y bydden nhw'n ymosod arno y munud y byddai o'n dechrau dringo. Caeodd ei lygaid am eiliad i feddwl. Doedd ganddo ddim dewis. Torrodd y rhwymau am ddrysau'r cawell gyda'i gyllell.

'Mae'n siŵr ga i 'mlingo am hyn,' meddai wrthyn

nhw, 'ond os wela i chi'n ymosod arnon ni yn hytrach na nhw, mi fydda i'n gyrru saethau drwy'ch calonnau chi, un wrth un.'

Daliodd lygaid y ferch. Camodd hithau ymlaen ato a thorrodd Bleddyn y rhaff am ei garddyrnau main. Erbyn iddyn nhw ryddhau eu rhaffau ei gilydd, byddai Bleddyn yn ddiogel ar ben ei goeden. Edrychodd i fyny a gweld fod y brain wedi rhoi'r gorau i grawcian ac yn ei wylio'n dawel.

Pan osododd ei hun yn gyfforddus yn uchel yn y goeden, gallai weld llwyth y Brain yn brysio 'nôl ac ymlaen yn chwilio am arfau, yn gerrig a changhennau. Ond doedd dim golwg o'r ferch. Wedi rhedeg am ei bywyd mae'n siŵr.

Clywodd wylofain blaidd eto, wylofain un a drodd yn gôr o udo. Roedden nhw'n gwybod.

Craffodd tua'r gorwel, lle gwelai gymylau o fwg yn dod o bentrefi roedd y Dieithriaid wedi eu llosgi. Ond yna sylwodd ar rubanau mwg yn dod o'r bryniau – negeseuon gan rai oedd yn ceisio rhybuddio eu cymdogion. Mae'n siŵr mai dyna beth welodd Owain. Cnôdd yn araf ar ddarn o gig carw.

Roedd o wedi dechrau cyffio pan glywodd o'r sgrechiadau cynta. Sgrechiadau o boen, bloeddio dynion yn ymosod yn ffyrnig ar ei gilydd a chrawcian brain yn hedfan yn wyllt o'i gwmpas. Daliodd ei fwa yn barod i saethu, ond ei bobol ei hun oedd yn rhedeg yn ôl ato, pobol yn waed a chlwyfau. Doedd dim golwg o'r gelyn. Yna gwelodd ei fam yn rhedeg am ei bywyd i fyny am y bryniau, ei bwa ar ei chefn ond heb un saeth ar ôl. Roedd dyn mawr â helmed ddieithr am ei ben yn rhedeg ar ei hôl, ac yn dal i fyny â hi yn hawdd. Anelodd Bleddyn yn ofalus. Hedfanodd ei saeth drwy'r awyr a tharo'r dyn yn ei goes. Cydiodd mewn saeth arall, anelu eto ac aeth y saeth yn syth drwy wddf y Dieithryn. Chododd o ddim wedyn.

Sylweddolodd Bleddyn yn sydyn nad oedd o erioed wedi lladd dyn o'r blaen. Cyn iddo gael cyfle i feddwl mwy am hynny, tynnwyd ei sylw gan sŵn brwydro ffyrnig ar y dde iddo. Blewyn Du a hanner dwsin o'i ddynion ac ambell un o lwyth y Brain yn erbyn o leia ugain o Ddieithriaid – ac ugain arall yn dod dros y creigiau amdanyn nhw. Aeth un o'i saethau drwy frest un ohonyn nhw'n syth, a gwelodd gawod o ddwsinau o saethau eraill gan y bechgyn anweledig o goed eraill yn glawio ar y gweddill. Ond roedd mwy o Ddieithriaid yn llifo o bob cyfeiriad: dynion mawr, cryf, pob un mewn helmed a chyda math o gleddyf hir oedd yn sgleinio yn yr haul, cleddyfau oedd lawer iawn hirach na rhai byrion y Bleiddiaid. Cleddyfau oedd ddim yn torri na phlygu. Doedd gwaywffyn a phastynau pren yn dda i ddim yn eu herbyn.

Roedd Blewyn Du wedi ei glwyfo... Roedd o ar ei liniau, ei ddwylo dros ei stumog a'r gwaed yn llifo dros ei fysedd. Gallai Bleddyn weld y sioc ar ei wyneb. Ond gwelodd hefyd y llafn yn torri drwy'r awyr a phen Blewyn Du'n syrthio ar y gwair. Na! Bu bron iddo ddisgyn oddi ar ei gangen mewn braw. Gwthiodd ei hun yn ôl i fyny a cheisio canolbwyntio ar anadlu eto. 'Cadw dy ben, Bleddyn, cadw dy ben...' adroddodd wrtho'i hun, nes i'w fysedd stopio crynu digon iddo fedru gosod saeth arall yn ei fwa. Anelodd am yr anghenfil oedd wedi lladd ei bennaeth. Suddodd ei saeth i mewn i'w foch, nes ei fod yn rhuo mewn poen. Ond y cwbwl wnaeth y dihiryn oedd rhwygo'r saeth yn ôl allan a'i thaflu ar y llawr, cyn codi ei gleddyf eto a'i chwifio'n yr awyr gan ruo – ac ymosod ar ddyn roedd Bleddyn yn ei nabod yn syth. Ei dad. Gwnaeth hwnnw'n dda i neidio a throi i osgoi'r llafn, a llwyddo i daro'r Dieithryn gyda'i waywffon, ond daeth dyn arall o'r tu ôl iddo a chladdu ei gleddyf yn ei gefn, nes bod y llafn yn dod drwy ei asennau.

Llanwodd llygaid Bleddyn gyda dagrau wrth iddo wylio'i dad yn marw'n araf oddi tano. Roedd o eisiau mynd i'w achub, ond gwyddai mai peth hurt fyddai hynny. Byddai ei dad am iddo aros yn fyw – i dalu 'nôl. Ac roedd o'n mynd i dalu 'nôl i'r Dieithriaid hyn, doed a ddelo.

'Dw i'n addo hynny i ti, 'nhad,' meddai'n dawel, gan wybod fod enaid hwnnw'n gallu ei weld a'i glywed ar ei ffordd i fyny at y sêr. 'Mi wna i'n siŵr y byddi di'n falch ohona i.' Teimlodd ysfa ryfedd i udo, yn union fel y bleiddiaid yn y bryniau, ond fiw iddo dynnu sylw at ei hun rŵan.

Roedd y Dieithriaid wedi symud ymlaen, a phan benderfynodd Bleddyn ei bod yn ddiogel iddo ddod lawr bu bron iddo ddisgyn, roedd ei gorff wedi cyffio mor ofnadwy. Herciodd at gorff ei dad a phenlinio wrth ei ymyl. Tynnodd y gadwyn o ddannedd bleiddiaid oddi arno a'i gosod am ei wddf ei hun. Yna cydiodd yn ei waywffon, cyn oedi ac edrych ar gleddyf un o'r Dieithriaid marw rhyw ddwylath i ffwrdd. Aeth ato a'i godi. Roedd o'n hir, ond nid yn drwm, ac yn teimlo'n dda yn ei ddwylo. Nid efydd mo hwn, na haearn, ond rhywbeth llawer cryfach, ysgafnach, oedd yn cadw ei siâp. 'Be bynnag ydi o, mi gawn nhw flas o'u ffisig eu hunain efo hwn,' meddyliodd yn chwerw. Yna brysiodd i fyny'r bryn i chwilio am ei fam.

Fe'i gwelodd hi'n cael ei llusgo ar hyd y llawr gan y Dieithriaid, hi ac ugeiniau o wragedd a phlant oedd wedi ceisio cuddio yn lle rhedeg. Gallai ei chlywed yn sgrechian a bytheirio, a chlywodd y glec wrth i un o'r dynion roi cic i'w phen er mwyn ei thawelu. Neidiodd ar ei draed a dechrau rhedeg drwy'r coed ar eu holau, ond neidiodd rhywun allan o'i flaen yn sydyn. Y ferch â'r llygaid duon!

'Na!' meddai honno'n chwyrn, gan gydio yn ei fraich a'i dynnu y tu ôl i goeden. 'Pwylla! Fedri di wneud dim ar dy ben dy hun a byddai'n well gan dy fam i ti aros ar dir y byw!'

Gwylltiodd Bleddyn yn syth.

'Pwy wyt ti i ddeud be fysa…? Mae gen i un o'u cleddyfau nhw – cer o'r ffordd!'

'Un cleddyf yn erbyn cannoedd? Callia!'

Am eiliad, roedd Bleddyn eisiau claddu'r cleddyf yn ei cheg fawr hi. Ond sylweddolodd ei bod hi yn llygad ei lle. Fyddai ganddo ddim gobaith gwybedyn mewn storm o genllysg. Syrthiodd ei ysgwyddau. Doedd ganddo ddim syniad beth i'w wneud.

'Tyrd,' sibrydodd y ferch, gan redeg am y rhan dywylla o'r goedwig. Doedd ganddo ddim dewis ond rhedeg gyda hi, a dyna pryd sylwodd o mai dilyn ei brân roedd hi, brân oedd yn hedfan yn isel drwy'r coed.

Wedi hanner awr dda o redeg cyson, a hithau'n llwyddo i gadw i fyny ag o'n rhyfeddol, chwarae teg, roedden nhw'n rhedeg ar lan afon. Byddai'n rhaid iddyn nhw ei chroesi.

'Fedri di nofio?' gofynnodd Bleddyn.

'Na fedra,' meddai hi gan frwydro am ei gwynt. 'Fydd hi'm yn haws yn uwch i fyny?'

'Mae'n siŵr, ond gora po gynta i ni ei chroesi hi.'

'Rho di gynnig arni fan hyn 'ta,' meddai'r ferch, gan sbio i fyny at lle roedd ei brân yn troelli yn yr awyr. 'Anelu am y bryn acw ddylen ni, welai di'n fan'no.'

'Aros eiliad,' meddai Bleddyn. 'Be ydi dy enw di?'

'Branwen,' gwenodd y ferch.

'Bleddyn,' meddai Bleddyn.

'Dw i'n gwybod,' meddai hithau. 'Paid â boddi, Bleddyn!' Ac i ffwrdd a hi i fyny'r afon.

Trodd Bleddyn i edrych ar y dŵr a cheisio gweithio allan ble fyddai'r man diogela i groesi. Doedd y cleddyf yn sicr ddim yn help ar gyfer nofio. Yna sylwodd ar rywbeth yn symud yn y gwair ar ochor arall yr afon, rhywbeth mawr, llwyd. Blaidd! Stopiodd yr anifail yn sydyn a sbio i fyw ei lygaid o. Syllodd Bleddyn yn ôl arno. Roedd o wedi gweld y blaidd hwn o'r blaen – fwy nag unwaith.

'Fan hyn? Ti am i mi groesi fan hyn?' meddai'n dawel.

Daliodd y blaidd i syllu arno, cyn troi a diflannu i'r coed y tu ôl iddo. Camodd Bleddyn i mewn i'r dŵr oer, gan ddal y cleddyf uwch ei ben. Ychydig pellach eto ac fe allai ei daflu i'r ochor arall. Trodd a thaflu'r cleddyf i'r awyr gyda'i holl nerth, a diolch byth, fe laniodd ar y cerrig llyfnion. Anadlodd yn ddwfn a phlymio i mewn i'r dŵr tywyll. Roedd yn nofiwr cryf ac roedd ar y lan ymhen dim. Clymodd y cleddyf am ei gefn eto a rhedeg i'r un cyfeiriad â'r blaidd. Cafodd ambell gip ohono yn bell o'i flaen; roedd o'n ei arwain, doedd dim dwywaith.

Roedd o ar ben y bryn cyn pen dim. Tybed pa mor hir fyddai'n rhaid iddo aros am Branwen?

'Ble fuest ti mor hir?' meddai llais y tu ôl iddo. Branwen! Roedd hi'n eistedd â'i chefn yn erbyn y graig roedd o newydd ei phasio, ac yn amlwg wedi bod yno ers tro. Sut gebyst?

'Sut gyrhaeddaist ti mor gyflym?' gofynnodd, braidd yn flin.

'Dw i'm yn siŵr os wnei di 'nghredu i,' meddai hi gyda gwên. 'Ond ddois i fel yr hed y frân...'

'Dim posib! Roedd gen ti dipyn mwy o ffordd i fynd na fi!'

'Oedd... ar droed,' meddai. 'Ond digwyddodd rhywbeth rhyfedd i mi... Rydech chi fel llwyth y Bleiddiaid yn credu fod gennoch chi gysylltiad arbennig efo bleiddiaid 'yn does? Oes 'na rai ohonoch chi wedi gallu troi'n flaidd erioed?'

'Mi glywais i sôn... ers talwm,' meddai Bleddyn. Roedd eu chwedlau'n llawn o hanesion tebyg.

'Wel, mi wnes i hedfan – fel brân!' meddai, a chwerthin yn uchel. 'Wir i ti! Roedd o'n anhygoel! Roedd Nain wedi deud bod y gallu ynof fi, ond wnes i 'rioed ei chredu hi – tan rŵan!'

Doedd Bleddyn ddim yn credu gair. Hedfan fel brân? Beth oedd hi'n ei feddwl oedd o, twp?

'Os ti'n deud,' meddai wrthi. Doedd ganddo ddim awydd cega rŵan.

'Ti'm yn fy nghredu i...' meddai hi'n bwdlyd.

Doedd gan Bleddyn ddim 'mynedd efo merched oedd yn pwdu; gallai deimlo'i waed yn dechrau berwi...

'Yli, os wyt ti'n meddwl dy fod ti wedi hedfan, iawn,' meddai, 'ond dw i newydd weld fy nhad yn cael ei ladd a fy mam yn cael ei llusgo i ffwrdd! Mae'n siŵr ei bod hithau'n farw rŵan a 'nes i'm byd i'w helpu hi! Does gen i ddim amser i drafod straeon tylwyth teg efo ti!'

Damia, roedd 'na ddagrau yn ei lygaid, a doedd o ddim yn mynd i grio o flaen merch.

'Mae'n ddrwg gen i,' meddai hithau'n dawel, 'ond dw i wedi colli fy rhieni hefyd, a dim ond –'

'Hisht!' meddai Bleddyn gan droi ei ben yn sydyn. 'Glywest ti hynna?'

'Be? Chlywais i'm byd.'

Ond arogli roedd Bleddyn rŵan. Roedd ei ffroenau'n gallu arogli rhywbeth ar y gwynt... y gelyn!

'Maen nhw'n agos!' meddai. 'Maen nhw wedi ein dilyn ni! Tyrd!'

Rhedodd y ddau'n wyllt i lawr ochor arall y bryn.

'Mae dy allu di i glywed ac arogli wedi gwella mwya sydyn!' gwaeddodd Branwen.

Atebodd Bleddyn mohoni, ond roedd hi'n iawn. Roedd rhywbeth yn bendant wedi digwydd iddo fo.

'Sa'm yn haws i ti droi'n frân a hedfan?' gwaeddodd yn goeglyd ymhen tipyn, wedi iddo sylwi nad oedd hi wrth ei ochor, ac felly ei bod hi'n amlwg yn methu dal i fyny. Ond chafodd o ddim ateb. Trodd, a gweld nad oedd golwg ohoni. Ble ar y ddaear...? Yna crawciodd brân uwch ei ben, cyn dod yn is i hedfan wrth ei ochor am rai eiliadau, yna hedfan o'i flaen am y coed oddi tanyn nhw.

Doedd bosib...?

5

Roedd hi'n disgwyl amdano wrth nant fechan, yn ferch unwaith eto, ac yn gwenu.

'Sut ti'n neud o?' gofynnodd Bleddyn.

'Dw i'm yn dallt yn iawn, ond dim ond i mi ddychmygu 'mod i'n gweld drwy lygaid brân – dw i'n troi'n frân. Roedd o'n sioc y tro cynta, rhaid i mi ddeud, ond dw i'n dechre dod i arfer rŵan.'

'Ond... ble mae dy ddillad di'n mynd?'

'Ha!' chwarddodd Branwen. 'Mi fyddai bachgen yn sylwi ar hynna! Siomedig wyt ti 'mod i'm yn noeth ar ôl troi 'nôl yn fi fy hun?'

'Paid â bod yn wirion...' Ond gallai Bleddyn deimlo'i hun yn cochi.

'Wel, os sylwi di,' meddai Branwen gyda gwên slei, 'plu ydi'r rhan fwya o 'nillad i beth bynnag. Mae'n rhaid bod pa bynnag hud neu dduw sy'n gwneud i mi newid yn frân yn poeni ga i annwyd hebddyn nhw...'

'Ia, doniol iawn,' meddai Bleddyn.

'Mae o, dw i wedi gwirioni! Gallu bod yn frân go iawn, meddwl a gweld a hedfan fel brân...' chwarddodd Branwen. 'Mi fysa Nain mor falch ohona i... a Mam a Dad...'

Doedd hi ddim yn chwerthin rŵan, ond yn cnoi ei gwefus isaf wrth gofio na fyddai'n gweld ei theulu byth eto. Eisteddodd y ddau'n dawel am sbel. Rhoddodd Bleddyn ei draed yn y nant oer.

'Bleddyn?' gofynnodd Branwen ymhen rhai munudau. 'Wyt ti'n meddwl bod hyn wedi digwydd i mi rŵan am reswm arbennig?'

'Be ti'n feddwl?'

'Wel, mae dy glyw a dy synnwyr arogli di wedi mynd yn debycach i rai blaidd go iawn hefyd, tydyn? Wyt ti'n meddwl y byddi dithe'n gallu troi'n flaidd – tase raid?'

'Dim clem. Ond dw i'n bendant yn rhedeg yn wahanol, ac yn gweld yn wahanol.'

'Rho gynnig ar ddychmygu dy fod ti'n flaidd go iawn. Does wybod...'

'Be? Rŵan?'

'Pam lai?'

'Sa gen ti'm ofn i mi dy fyta di?'

'Dw i'n gallu hedfan, cofia... tyrd 'laen, rho gynnig arni.'

'Ella nes 'mlaen.'

'Babi... Ond wsti be? Swn i'n taeru fod dy drwyn di wedi mynd yn hirach...'

'O, ha ha...' Ond edrychodd ar ei adlewyrchiad yn y dŵr – rhag ofn. Na, roedd ei drwyn o'r un fath ag arfer.

'Efallai ein bod ni wedi cael ein harbed gan y duwiau er mwyn rhwystro'r Dieithriaid rywsut...' meddai Branwen yn araf.

'Be? Un frân ac un blaidd?!' wfftiodd Bleddyn.

'Falle bod 'na fwy ohonon ni, wedi cael ein dewis am ryw reswm...'

Roedd gan y ferch hon y syniadau rhyfedda, meddyliodd Bleddyn. Yna sythodd yn sydyn.

'Be sy?' gofynnodd Branwen.

'Y gelyn. Draw fan'cw.'

Roedd o wedi eu harogli eto, ac roedden nhw'n agos. Cododd y ddau'n dawel. Amneidiodd Bleddyn tua'r gogledd a rhedodd y ddau am eu bywydau.

Roedd hi wedi troi'n frân bron yn syth ac yn hedfan o'i flaen drwy'r coed. Rhedodd yntau fel y gwynt ar ei hôl, ond roedd o angen mynd yn gyflymach. Beth oedd hi wedi ei ddweud am ddychmygu ei fod yn flaidd? Doedd ganddo ddim i'w golli drwy roi cynnig arni. Ond sut oedd dychmygu'r fath beth?

'Dw i'n flaidd, dw i'n flaidd, dw i'n flaidd...' meddyliodd wrtho'i hun. Ond doedd dim yn digwydd. Yna sylwodd fod blaidd go iawn yn rhedeg i'r un cyfeiriad ag o, ychydig i'r dde iddo. Ei hen gyfaill llwyd.

'Fedri di fy helpu i droi'n flaidd, gyfaill?' meddyliodd.

Trodd y blaidd ei ben am eiliad, i edrych i fyw ei lygaid, cyn llamu'n ei flaen, mor llyfn, mor hawdd, mor gyflym. Roedd o'n rhedeg yn agosach ato rŵan, fel bod Bleddyn yn gallu gweld y cyhyrau'n glir. Dychmygodd fod ganddo bedair coes fel yna, ei fod yn rhedeg â'i ben yn isel, yn gallu gweld a chlywed gymaint cliriach nag unrhyw ddyn, yn rhedeg mor esmwyth, mor ddiymdrech...

Ac yn sydyn, roedd popeth gymaint cliriach – gwyrddni'r dail a'r glaswellt yn wyrddach. Gallai glywed pob anifail bychan yn symud o'i ffordd, a synau na chlywodd eu tebyg erioed; roedd ei ffroenau'n llawn o arogleuon cwbwl newydd iddo. Roedd o'n flaidd! Edrychodd i fyny – roedd brân yn crawcian uwch ei ben. Branwen. Roedd hi wedi ei weld, ac roedd hi'n ei annog i frysio, felly llamodd yn ei flaen a rhedeg yn gynt nag y rhedodd o erioed o'r blaen. Roedd hyn yn deimlad hollol fendigedig! Wel, ar wahân i'r stribed lledr am ei wddf oedd yn llusgo cleddyf ar ei ôl.

Wedi rhedeg heb stopio – a heb flino – nes i'r haul fachlud, gwelodd Branwen yn sefyll wrth geg ogof. Roedd golwg fymryn yn ofnus arni, felly ceisiodd ganolbwyntio ar droi 'nôl yn fo'i hun – ac o fewn eiliad roedd o'n sefyll ar ei ddwy droed eto. Gwelodd y wên yn lledu ar wyneb Branwen.

'Sgen ti mo'n ofn i rŵan felly!' chwarddodd Bleddyn.

'Nag oes… ond nid dyna pam dw i'n gwenu… Mae arna i ofn dy fod ti wedi colli dy ddillad…'

Beth? Edrychodd i lawr a gweld ei fod, ar wahân i'r cleddyf a'r gadwyn o ddannedd blaidd, yn hollol, gwbwl noeth!

'Felly mae gen ti broblem fach yn fan'na, 'yn does?' meddai Branwen, fel roedd Bleddyn yn gwneud ei orau i guddio'i hun gyda'i ddwylo. 'Da iawn ti am lwyddo i ddod o hyd i dy ddychymyg, ond dw i'm yn siŵr lle ddoi di o hyd i ddillad fan hyn… O wel, tyrd mewn i'r ogof 'ma – mi fydd hi'n dywyll yma.'

Cerddodd y ddau i mewn yn ofalus. Roedd yn ogof fawr, hir a gallai Bleddyn deimlo esgyrn yn cracio dan ei draed.

'Does 'na neb yma, felly mi neith yn iawn am heno,' meddai Branwen. 'A' i i chwilio am goed tân – a phaid â phoeni, isio gwres ydw i, nid golau i weld be na ddylwn i!'

'Doniol iawn,' meddai Bleddyn, gan gamu'n ei flaen am ben pella'r ogof, yn hanner gobeithio y byddai rhywun wedi gadael hen groen carw neu rywbeth yno. Yna, teimlodd rywbeth blewog yn erbyn ei droed. Bendith y duwiau! Yr union beth! Plygodd i lawr i gydio yn y croen, a thynnu. Y peth nesa deimlodd o oedd pen caled yn ei daro yn ei stumog nes ei fod yn hedfan yn ôl ar ei gefn. Roedd rhywbeth mawr, rhywbeth anferth wedi codi o'i flaen ac yn rhuo'n wyllt. Llwyddodd i rolio i'r ochor cyn i'r anghenfil daflu ei hun arno. Ceisiodd ryddhau ei gleddyf, ond roedd y bwystfil wedi cydio ynddo eto, ac yn ei ddyrnu yn ei ben, ei ddyrnu nes roedd o'n gweld sêr. Llwyddodd i roi dwrn yn stumog yr anifail, a chael sioc o'i glywed yn rhegi.

'Dyn wyt ti?!' gwaeddodd Bleddyn drwy'r gwaed yn ei geg.

'Mwy o ddyn na ti!' rhuodd y cawr blewog, gan roi dwrn arall i'w ên. 'A fi oedd yma gynta!'

'Rhowch y gorau iddi!' Llais Branwen yn atseinio 'nôl ac ymlaen drwy'r ogof.

Trodd y bwystfil mewn braw.

'Menyw?'

'Ie, Branwen o lwyth y Brain. A Bleddyn o lwyth y Bleiddiaid ydi hwnna ti'n hanner ei ladd.'

'Ond fe ymosododd arno i,' meddai'r cawr yn ddryslyd.

'Do'n i'm yn gallu gweld, nago'n!' meddai Bleddyn, gan boeri gwaed. 'Do'n i'm yn gwybod bod rhywun o dan y croen yna!'

'O. Wy'n gweld. Wel, os felly, mae'n ddrwg 'da fi.' Estynnodd y dieithryn ei law i helpu Bleddyn yn ôl ar ei draed. Yna gwenodd. 'So ti'n credu mewn dillad 'te?'

'Stori hir. A phwy wyt ti?' gofynnodd Branwen.

'Arthur, o lwyth yr Eirth.'

'Does gen i'm syniad o ble mae llwyth yr Eirth yn dod,' meddai Bleddyn, gan sychu ei geg. 'Ond ti wedi dod o bell yn ôl yr acen ryfedd 'na.'

'Nid y fi sy â'r acen ryfedd!' wfftiodd Arthur. 'Ond ti'n iawn, wy wedi dod yn eitha pell o 'nghartre, i'r de o fan hyn.'

'Dieithriaid?' holodd Branwen.

Nodiodd Arthur ei ben yn araf.

'Wy'n gweld fod un o gleddyfau'r Dieithriaid 'da ti hefyd,' meddai gan droi at Bleddyn.

'Oes. Sgen ti syniad o be mae o wedi'i neud?'

'Dim clem. Pastwn pren oedd 'da fi cyn hyn.'

'Ia... glywais i bod yr Eirth 'chydig ar ei hôl hi... ddim hyd yn oed wedi llwyddo i wneud haearn, naddo!'

Sythodd Arthur a sbio i lawr ar Bleddyn er mwyn ei gwneud hi'n berffaith amlwg ei fod o'n llawer iawn talach nag o.

'Sdim byd o'i le ar bastwn pren, os oes 'da ti'r maint a'r cryfder i'w ddefnyddio fe'n iawn,' meddai'n araf, ofalus.

'Nagoes siŵr,' meddai Branwen yn serchog. 'Ond

anghofiwch am bethe fel'na rŵan. Wyt ti'n fodlon i ni rannu'r ogof 'ma efo ti am 'chydig, Arthur?'

Byddai'n llawer gwell gan Arthur ei rhannu efo hi a dim ond y hi, ond nodiodd ei ben gyda gwên. Byddai cwmni'n dda.

Wedi cael hanes ei gilydd – ond nid popeth – a rhannu'r ychydig fwyd oedd ganddyn nhw, a methu'n lân â chynnau tân am ei bod hi'n amlwg wedi bod yn glawio a'r brigau i gyd yn wlyb, setlodd y tri i geisio cysgu. Roedd Arthur wedi rhoi benthyg darn o'i groen arth i Bleddyn ei roi amdano, ond roedd o'n dal yn ofnadwy o oer.

'Alli di roi'r gorau i glecian dy ddannedd?' meddai Arthur ymhen tipyn. 'Sai'n gallu cysgu.'

'O, wel, mae'n ddrwg gen i!' meddai Bleddyn yn flin. 'Ond prin cuddio 'mhen ôl i mae'r croen 'ma roist ti i mi!'

'Hy! Dylet ti fod yn ddiolchgar, y blaidd bach tila â ti! O'n i'n mynd i gynnig i ti gwtsho lan, ond gei di anghofio fe nawr!'

'Cwtsho lan? Be mae hynny'n feddwl?' gofynnodd Branwen.

'Dere 'ma, ddangosa i i ti...' gwenodd Arthur yn y tywyllwch.

O, dyna ni, roedd Bleddyn wedi cael digon. Cododd ar ei draed.

'Ble ti'n mynd?' gofynnodd Branwen.

'I hela. Dw i'n llwgu.'

'Cymer d'amser!' chwarddodd Arthur.

Doedd Bleddyn ddim yn hoffi'r snichyn yma o gwbwl, ond daliodd ei dafod a cherdded yn dawel at geg yr ogof. Roedd y lleuad bron yn llawn a mwy o sêr yn yr awyr nag erioed – yr holl eneidiau roedd y Dieithriaid wedi eu lladd, gan gynnwys ei dad. Syllodd i fyny, yn ceisio penderfynu pa un oedd o.

Yna, clywodd sŵn yn y coediach gerllaw. Llygoden? Na, rhywbeth mwy. Cwningen efallai. Byddai cig cwningen yn llenwi'r twll yn ei stumog, amrwd neu beidio. Canolbwyntiodd... byddai'n llawer haws iddo ei dal pe bai'n flaidd. Rhythodd i mewn i'r coed, nes i bethau ddechrau dod yn gliriach... ond nid cwningen a welai. Merch! Merch fach ifanc yn syllu arno gyda llygaid fel tylluan. A gwallt oedd yr un lliw â'r lleuad! Beth oedd hon? Un o'r tylwyth teg? Penderfynodd nad oedd angen iddo droi'n flaidd.

'Hei! Be ti'n neud fan'na?' gwaeddodd.

Neidiodd y ferch am yn ôl mewn braw a dechrau rhedeg. Ond doedd ganddi ddim gobaith; roedd coesau Bleddyn ddwywaith maint ei choesau hi, ac o fewn dim roedd hi'n gwingo a chicio yn ei freichiau.

'Paid â bod yn wirion, wna i ddim byd i ti,' meddai Bleddyn, dim ond iddi roi brathiad cas iddo ar ei law. 'Aw! Y jaden fach! Rho'r gorau iddi!'

Llwyddodd i'w chario 'nôl i'r ogof a'i thaflu'n flin o flaen y lleill.

'Sbiwch be ddois i o hyd iddi'n stelcian tu allan,' meddai. 'Ond gwyliwch hi, mae ganddi ddannedd fel wiwer.'

'Wel shwmai,' meddai Arthur. 'Pwy wyt ti 'te?'

Syllodd y ferch drwy ei dagrau ar y cawr mawr blewog o'i blaen. Doedd hi erioed wedi gweld rhywun mor dal a llydan yn ei byw. Yna trodd i edrych ar y ferch gyda gwallt a llygaid duon, llygaid oedd fel petaen nhw'n gallu darllen ei meddwl, hyd yn oed yn nhywyllwch yr ogof.

'Paid â phoeni,' meddai Branwen, 'ryden ni'n griw reit glên. Branwen ydw i, Arthur ydi o a Bleddyn ydi'r un blin.'

Ond ddywedodd y ferch fach denau yr un gair. Edrychodd y tri arall ar ei gilydd.

'Siaradus, on'd yw hi?' meddai Arthur. 'Ac edrychwch ar y gwallt 'na. Sai erioed wedi gweld neb 'da gwallt y lliw yna o'r blaen.'

'Ond dw i wedi clywed am bobol efo gwallt lliw aur fel yna,' meddai Branwen. 'Llwyth y Dreigiau... ro'n nhw'n gallu rheoli dreigiau ers talwm, medden nhw, hedfan ar eu cefnau nhw a bob dim.'

'O? Ti'n gallu hedfan ar gefn draig 'te?' gofynnodd Arthur i'r ferch, gan wybod na fyddai'n cael ateb. 'Na, sai'n credu, achos sdim dreigiau ar ôl, nagoes e? Wnaethoch chi'm jobyn da iawn o edrych ar eu holau nhw, naddo fe?'

Y cwbwl wnaeth y ferch oedd syllu ar ei thraed.

''Di'n dallt Cymraeg dŵad?' meddai Bleddyn, gan sugno ar ei law. Roedd y brathiad wedi tynnu gwaed. 'Ella bod gan lwyth y Dreigiau eu hiaith eu hunain?'

'Go brin,' meddai Branwen, gan fynd ar ei chwrcwd

o flaen y ferch a dechrau siarad mewn llais isel, caredig. 'Tyrd, sdim angen i ti fod ein hofn ni. Dianc oeddet tithau hefyd, ynde? Rhag y Dieithriaid? Welest tithau dy deulu'n cael eu lladd hefyd, do? Dyna sy wedi digwydd i ni'n tri...'

Cododd y ferch ei phen yn araf i sbio arni. Roedd ei llygaid yn llawn dagrau. Ac yna, dechreuodd y dagrau lifo, ac ysgydwodd ei chorff bach main wrth iddi udo'n uchel. Cydiodd Branwen ynddi a'i chofleidio, gan adael i'w dagrau hithau lifo.

'Dyna ti 'mechan i, gad o allan, 'den ni i gyd yn dallt... 'den ni i gyd yn teimlo'r un fath...'

Edrychodd Bleddyn ac Arthur ar ei gilydd, yna troi i ffwrdd yn sydyn cyn i'w llygaid hwythau lenwi. Doedd yr un ohonyn nhw wedi gadael i'w hunain alaru'n iawn eto, ac roedd clywed y ddwy yma'n torri eu calonnau'n dod â'r cwbwl yn ôl. Gadawodd y ddau yr ogof a throdd Bleddyn i'r chwith ac Arthur i'r dde, gan beidio â dychwelyd nes bod eu llygaid wedi colli'r cochni.

Roedd y ferch fach yn cysgu ar lin Branwen erbyn hynny.

'Drogen, Drogen Fach o lwyth y Dreigiau ydi hi,' meddai Branwen, 'wedi colli ei theulu i gyd.'

Ond roedd Bleddyn wedi cael digon o alar am sbel.

'Oes ganddi rywbeth i'w fwyta yn y sach yna sy ganddi? Dw i'n llwgu,' meddai, gan estyn am y sach oedd wrth ei thraed.

Ond yr eiliad y cydiodd o yn y sach, agorodd Drogen ei llygaid a neidio amdano.

'Paid â meiddio!' poerodd arno'n filain.

Ond roedd Bleddyn yn casáu pan fyddai rhywun yn poeri arno, ac roedd o'n gryfach na hi. Roedd o wedi rhwygo'r sach oddi arni ymhen dim, ac yn ei dal i fyny yn un llaw, a'i dal hithau 'nôl efo'r llaw arall.

'Dydi o 'mond yn deg i ti rannu efo pobol sy'n cynnig llety i ti...' meddai gyda gwên.

'Dw i'm angen llety! Dyro hi 'nôl!' gwaeddodd Drogen gan anelu cic ato.

'Rhywbeth blasus iawn yn fan'na ddywedwn i...' chwarddodd Bleddyn, gan ollwng y sach ar y llawr ac ymbalfalu ynddi.

Edrychodd pawb ar yr wy a dynnodd o allan.

'Be goblyn ydi hwn?' meddai Bleddyn. 'Mae'n drwm – ac yn galed. Be ydi o, Drogen?'

'Dyro fo 'nôl!' wylodd Drogen. 'Dyro fo 'nôl!'

'Bleddyn, rho fe 'nôl iddi...' meddai Arthur, oedd yn dechrau teimlo dros y ferch fach denau, welw.

'Ddim nes ca i wybod be ydi o. Gawn ni weld be ddigwyddith os 'na i ei ollwng o ar y llawr caled 'ma, ia?'

'Naaaa!' sgrechiodd Drogen, gan daflu ei hun at Bleddyn a llwyddo i gyffwrdd y llaw oedd yn dal yr wy.

'Awwww!' sgrechiodd Bleddyn, gan daflu'r wy i'r awyr. 'Mae'r ast wedi fy llosgi i!'

'Llosgi?' meddai Branwen, gan ddal yr wy'n daclus cyn iddo gyffwrdd y llawr.

'Ia! Llosgi go iawn! Sbia!'

Roedd hi'n anodd gweld yn iawn yn yr ychydig olau

oedd yn treiddio drwy geg yr ogof, ond oedd, roedd llaw Bleddyn yn swigod coch, cas i gyd. Trodd y tri i edrych ar Drogen.

'Sut wnest ti hynna?' gofynnodd Branwen.

'Dw i'm yn gwybod,' meddai Drogen, heb dynnu ei llygaid oddi ar yr wy. 'Ga i hwnna 'nôl rŵan?'

'Yn y munud,' meddai Branwen, gan ei gwylio'n ofalus. 'Gwranda... fedri di gynnau'r tân yma, ti'n meddwl? 'Den ni wedi methu am fod pob dim yn wlyb.'

Edrychodd Drogen ar y pentwr trist o frigau.

'Gallaf, siŵr.'

Aeth ar ei gliniau o'i flaen, a dechrau chwythu'n ysgafn wrth ei waelod. Yn araf bach, dechreuodd mwg godi ohono, ac yna, fflamau bach melyn ac oren.

Edrychodd y tri arall ar ei gilydd yn hurt. Rhoddodd Branwen yr wy 'nôl i Drogen, a Bleddyn y sach.

'Wel, ti'n ferch fach wahanol, on'd wyt ti?' meddai Arthur.

6

Cysgodd y pedwar yn drwm o gwmpas y tân y noson honno. Roedden nhw wedi meddwl cymryd eu tro i gadw'n effro, ond gan fod clyw Bleddyn mor finiog bellach byddai'n clywed unrhyw symudiad o bell, ac roedden nhw i gyd wedi blino mor ofnadwy. Roedden nhw wedi blino'n emosiynol hefyd. Roedd rhai yn llwyddo'n well na'i gilydd i osgoi meddwl am eu teuluoedd, ond gyda'r nos, â'u llygaid ar gau, roedd y pedwar yn rhannu'r un hunllefau.

Agorodd Drogen ei llygaid yn nüwch y nos a chofio'n sydyn lle roedd hi. Ystyriodd ddianc, ond yna penderfynu peidio; roedd hi'n teimlo'n fwy diogel, rywsut, yng nghwmni'r tri yma. Doedden nhw ddim wedi holi mwy am yr wyau wedyn, na cheisio eu dwyn oddi arni eto. Gwasgodd ei sach yn dynnach at ei stumog. Am eiliad, bron nad oedd hi'n teimlo gwres yn dod ohoni – ond nag oedd siŵr, gwres ei chorff ei hun oedd o. Gwenodd, ac aeth yn ôl i gysgu.

Branwen oedd y gynta i ddeffro wrth i'r wawr dorri. Am y tro cynta, gallai weld Drogen Fach yn iawn. Roedd ei gwallt bron yn wyn, a blew ei hamrannau yr un lliw. Ac roedd hi mor ofnadwy o denau, bron o'r golwg wrth ochor Arthur, oedd fel mynydd o dan ei fantell o groen arth.

Trodd i edrych ar Bleddyn, oedd yn cysgu'n dawel wrth ei hymyl. Roedd ei drwyn yn syth a hardd, ac esgyrn ei fochau'n ffrâm gadarn i'w wyneb. Syllodd ar y ffordd roedd ei wallt tywyll yn cyrlio'n drwchus dros ei ysgwyddau cyhyrog, a gwenodd. Na, doedd y bachgen yma ddim yn hyll o bell ffordd. Yna, sylweddolodd fod ei lygaid o wedi agor a'i fod wedi ei dal yn syllu arno. Roedd o'n syllu 'nôl arni, heb ddweud gair, gyda gwên yn chwarae ar ei wefusau. Sylweddolodd Branwen ei bod hi'n dechrau cochi, felly cododd ar ei thraed yn frysiog.

'Y... iawn, be gawn ni i frecwast?'

'Brecwast? Wedodd rhywun y gair "brecwast"?' meddai Arthur, gan ymestyn ei freichiau uwch ei ben. 'Baedd wedi'i rostio fyddai'n berffaith...'

Cododd Bleddyn ar ei draed.

'A' i allan i weld be ga i. Fydda i ddim yn hir, ond paid â disgwyl fy ngweld i'n llusgo baedd i mewn yma...'

Roedd yr haul ar fin codi dros y mynydd, a'r cymylau i'r dwyrain yn binc a melyn. Wedi cerdded yn ddigon pell o'r ogof, tynnodd Bleddyn y darn croen oddi amdano a'i osod yn ofalus ar gangen. Yna caeodd ei lygaid a cheisio dychmygu ei fod yn flaidd unwaith eto. Digwyddodd yn rhyfeddol o gyflym y tro yma. Roedd o'n gwella. Ac yn gallu arogli cwningod...

Clapiodd y lleill eu dwylo wrth ei weld yn cerdded yn ôl i mewn gyda thair cwningen dros ei ysgwydd.

'Sydyn iawn, gyfaill,' meddai Arthur. 'Heb fwa na saeth na dim chwaith...'

'Dw i'n rhedeg yn gynt heb arfau,' meddai Bleddyn, gan osgoi llygaid Branwen. 'Ond gewch chi eu blingo nhw, dw i wedi gneud fy siâr i. A doedd o ddim yn hawdd ar ôl be wnest ti i fy llaw i!' ychwanegodd wrth Drogen.

'Mae'n ddrwg gen i,' meddai honno. 'Gad i mi weld...' Astudiodd ei law yn ofalus, cyn codi ar ei thraed. 'Fyddai 'nôl mewn dim,' meddai.

'Osgoi blingo'r rhain wyt ti?' galwodd Arthur ar ei hôl. Ond roedd hi wedi mynd.

Roedd Branwen ac Arthur wedi blingo'r tair cwningen (a rhoi'r crwyn i sychu er mwyn i Bleddyn allu eu gwisgo) ac yn eu rhostio dros y tân pan ddaeth Drogen Fach 'nôl. Eisteddodd hi wrth ymyl Bleddyn a dechrau gwasgu sudd o ddail bach tewion dros ei law.

'Be ydi'r rheina?' gofynnodd Bleddyn.

'Llysiau'r gwayw,' meddai Drogen, 'maen nhw'n dda ar gyfer llosgiadau.'

'Wel? Yw e'n gweithio?' gofynnodd Arthur.

'Ydi! Mae'n llosgi llai yn barod!' meddai Bleddyn. 'Wel, rhwng hyn a dy allu i gynnau tân, mi wnei di wraig dda i rywun ryw dro, Drogen...!' A chwarddodd o weld fod bochau gwynion y ferch fach wedi troi'n binc.

'Bleddyn...?' holodd Drogen pan oedden nhw i gyd wedi cael llond eu boliau o gig cwningen. 'Sut lwyddest ti i ddal rhain mor gyflym? A thithau heb arfau?'

Edrychodd Bleddyn a Branwen ar ei gilydd.

'Dw i'm yn siŵr os wnei di 'nghredu i,' meddai Bleddyn. 'Ond eto, dw i'n meddwl dy fod ti'n eitha cyfarwydd efo hud a lledrith...'

'Aha... Ro'n i wedi amau rhywbeth,' meddai Arthur. 'Beth wyt ti? Dewin?'

'Na, ddim o gwbwl,' meddai Bleddyn.

Aeth Branwen ac yntau ymlaen i ddisgrifio'r doniau newydd roedden nhw wedi eu darganfod ers i'r gelyn gyrraedd.

'Beth? Ti'n gallu troi'n flaidd, ac mae hi'n troi'n frân? Dim ond wrth ddychmygu'r peth!' wfftiodd Arthur. 'Sai'n credu chi.'

'Paid 'ta,' meddai Bleddyn.

'Angen prawf wyt ti?' gofynnodd Branwen.

'Ie! Ydw!'

'Cer di gynta 'ta,' meddai Bleddyn. Doedd o ddim wedi gweld Branwen yn troi'n frân o flaen ei lygaid; roedd hi wastad yn gallu ei wneud o heb iddo sylwi, rywsut.

Felly caeodd Branwen ei llygaid. Hoeliodd pawb arall eu llygaid arni hi... a disgwyl. A disgwyl...

Agorodd Branwen un llygad.

'Fedrai'm neud o pan 'dech chi i gyd yn sbio arna i.'

'O, 'na fe! Wedes i taw lol oedd e i gyd!' chwarddodd Arthur.

'Na, mae hi'n gallu ei neud o!' protestiodd Bleddyn. 'Cer allan, Branwen, a tyrd 'nôl fel brân.'

'Un o'i brain dof hi fydd hi!' meddai Arthur. 'Wy wedi clywed fod llwyth y Brain wedi dysgu brain i wneud pob math o bethe...'

'Gei di weld!' meddai Branwen, gan stompio allan o'r ogof.

O fewn munudau, hedfanodd brân yn ôl i mewn a glanio ar ysgwydd Bleddyn.

'Sumai Branwen,' meddai Bleddyn.

'Nage hi yw hi...' meddai Arthur.

Crawciodd y frân yn flin a hedfan draw at Arthur a glanio ar ei ben.

'Aw!' cwynodd hwnnw. 'Iawn, os taw Branwen wyt ti, glania ar ben Bleddyn a rho dy big yn ei glust e...'

Allai Drogen ddim peidio â chwerthin o weld wyneb Bleddyn, yn enwedig pan roddodd y frân ei phig yn ei glust – yn ofalus! Chwarddodd Arthur nes bod dagrau'n llifo i lawr ei wyneb. Doedd o ddim wedi chwerthin fel hyn ers... wel, ers cyn i'r Dieithriaid gyrraedd.

'Ti rŵan, Bleddyn!' meddai Drogen gan neidio i fyny ac i lawr, wedi cynhyrfu'n rhacs.

'Iawn.'

Hedfanodd y frân i gefn yr ogof wrth i'r ddau arall syllu ar Bleddyn. Daeth yn ei hôl fel Branwen, a gweld fod Bleddyn, hefyd, yn cael trafferth trawsnewid o flaen cynulleidfa. Roedd yntau ar fin cerdded allan pan besychodd Arthur.

'Saf funed... Mae brân yn un peth. Ond blaidd? So greddf y blaidd yn mynd i wneud i ti fod eisiau ein bwyta ni, yw e?'

Oedodd Bleddyn.

'Na, dw i 'di cael brecwast. Ddylwn i fod yn iawn – y tro yma o leia...' Gwenodd, a throi ar ei sawdl.

Roedd wynebau Arthur a Drogen yn bictiwr pan gamodd yn ôl i mewn ar bedair coes.

'O! Mae o'n fwy nag o'n i'n ddisgwyl!' meddai Drogen gan guddio y tu ôl i Branwen.

'Wy'n cymryd taw ti wyt ti,' meddai Arthur.

Syllodd y blaidd i fyw ei lygaid, cerdded yn araf tuag ato – a chodi ei goes a phiso dros goes Arthur. Chwarddodd Drogen a Branwen nes bod dagrau'n llifo, ond sefyll yno'n berwi wnaeth Arthur.

'Ie, doniol iawn...' meddai, gan ysgwyd hynny allai o'r gwlybaniaeth oddi ar ei goes.

'O leia mae'n amlwg mai fo ydi o!' chwarddodd Branwen. 'Tyrd yma, Bleddyn, gawn ni gosi dy glustiau di?'

Cerddodd y blaidd at y ddwy, a gadael iddyn nhw fwytho ei ben, ei war a'i glustiau. Roedd yn deimlad braf tu hwnt. Gadawodd i Drogen godi croen ei geg i astudio'i ddannedd yn fanwl.

'Yli mawr ydyn nhw...' meddai honno. 'Tyrd, Arthur, tyrd i weld.'

'Sai'n credu,' meddai hwnnw, 'bydde fe'n siŵr o feddwl fod cymryd brathiad mas ohona i yn ddoniol hefyd.'

Pan oedd Bleddyn wedi trawsnewid eto (y tu allan, wrth gwrs, er mwyn iddo allu gwisgo'r tamaid croen eto) eisteddodd y pedwar mewn cylch yn pendroni.

'Mae'n rhaid bod 'na reswm pam ein bod ni'n pedwar wedi cyfarfod ein gilydd fel hyn,' meddai Branwen. 'A bod Bleddyn a finna'n gallu trawsnewid mwya sydyn. Dwyt ti ddim yn gallu troi'n arth, wyt ti, Arthur?'

'Sai'n credu. Sai erioed wedi rhoi cynnig arni,' meddai hwnnw.

'Rho gynnig arni 'ta,' meddai Bleddyn.

'Beth, nawr?'

'Ia.'

'Ond beth os na fydda i'n gallu troi 'nôl yn fi fy hunan?'

'Mi wnei di, dyden ni ddim wedi cael trafferth,' meddai Branwen. 'Mater o reoli dy gorff efo dy feddwl ydi o.'

'Ond sai 'rioed wedi gallu rheoli 'nghorff fel mae e!' protestiodd Arthur. 'Os dw i moyn piso, wy'n gorfod ei wneud e'n syth, sai'n gallu dal yn ôl, ac os wy'n teimlo'n sâl, wy'n cyfogi'n syth – a... a... wy'n colli 'nhymer yn rhy hawdd o lawer!'

Edrychodd Bleddyn a Branwen ar ei gilydd, gan fethu peidio â hanner gwenu.

'Dyro gynnig arni beth bynnag,' meddai Branwen. 'Cer tu allan, mi fydd yn haws heb gynulleidfa.'

Wedi i Arthur ymlwybro'n anfoddog at geg yr ogof, trodd Bleddyn at Drogen.

'Ac wyt ti'n gallu troi'n ddraig tybed?'

'Dw i'n amau'n fawr,' meddai honno. 'Welaist ti rywun llai tebyg i ddraig erioed?'

'Welais i erioed ddraig, felly fedra i'm ateb,' meddai Bleddyn. 'Ond dw i'n gwybod eu bod nhw'n bethau mawr a dw i'n meddwl y byddai hi braidd yn gyfyng efo draig yn yr ogof 'ma. Felly paid â rhoi cynnig arni – am y tro!'

Bu Arthur yn gwneud ei orau i ganolbwyntio a dychmygu am gryn ugain munud, ond yn ofer. Ymlwybrodd yn ôl i mewn i'r ogof at y lleill.

'Wedes i on'd do fe? Dim byd.'

'Wel... dal ati i drio bob hyn a hyn,' meddai Branwen, 'dw i'n siŵr y gwnei di lwyddo'n y diwedd.'

'So ti'n mynd i drial troi'n ddraig 'te?' gofynnodd Arthur i Drogen.

'Nac'dw,' gwenodd Drogen.

'Sen i wrth fy modd yn gweld un, cofia,' meddai Arthur. 'Ond sdim gobaith nawr, oes e, a phob draig wedi diflannu o'r tir ers canrifoedd.'

'Wel...' meddai Drogen yn dawel, 'efallai fod gobaith 'sti.'

'Y? Beth ti'n feddwl? Gobaith gweld draig?'

Roedd llygaid y tri arni'n syth. Edrychodd hithau i fyw llygaid pob un yn ei dro.

'Ydw i'n gallu ymddiried ynoch chi?' gofynnodd.

'Wyt siŵr!' meddai Branwen. 'Pam? Be wyt ti'n ei wybod dyden ni ddim?'

Oedodd Drogen. Ddylai hi ddweud wrthyn nhw am yr wyau? Na, ddim eto.

'Dw i'n gwybod y dylen ni fynd i Eryri, at y mynyddoedd ucha yng Nghymru,' meddai yn y diwedd.

'Pam? Be sy 'na?' gofynnodd Bleddyn.

'Dw i'm yn siŵr. Dorti Ddu y wrach wnaeth i mi addo mynd yno. Mae hi'n gallu gweld pethau yn fflamau'r tân.'

'Ydi hi nawr?' gwenodd Arthur. 'Ar ôl gormod o fadarch, yfe?'

'Mi welodd hi'r Dieithriaid!' meddai Drogen yn flin.

'Ni gyd wedi gweld rheiny…' meddai Arthur.

'Ond mae Dorti'n gallu gweld pethau cyn iddyn nhw ddigwydd,' protestiodd Drogen. 'Wir rŵan.'

Ond roedd pawb yn sbio'n ddrwgdybus arni.

'Ylwch,' meddai, 'mae o i fyny i chi ble 'dach chi am fynd a be 'dach chi am neud nesa. Ond dw i'n mynd i Eryri. Mi wnes i addo, ac mae'n bwysig 'mod i'n cyrraedd yno. Dw i'm yn gwybod be sy'n fy nisgwyl i yno na be dw i fod i neud, ond mae'r eryrod yn mynd i ddangos y ffordd. Ydach chi am ddod efo fi neu am aros yn yr ogof 'ma?'

Edrychodd y tri ar ei gilydd.

'Oes gan rywun syniad gwell na mynd i Eryri?' gofynnodd Branwen.

'Wel, mynd i chwilio am fy nheulu o'n i,' meddai Arthur, 'ond sai'n siŵr ble maen nhw… Falle fod Eryri cystal lle ag unrhyw un.'

'Pam lai?' meddai Bleddyn. 'A ti'n siŵr nad oes gen ti syniad be sy'n dy ddisgwyl di yno, Drogen?'

Ysgwyd ei phen wnaeth Drogen, a dechrau hel ei

phethau. Pan glymodd ei sach yn dynn am ei chanol, gallai deimlo gwres pendant yn treiddio drwyddi. Nid dychmygu roedd hi felly. Roedd yr wyau'n fyw.

7

Roedden nhw wedi bod yn cerdded ers rhai oriau, yn cadw at y tir uchel, heibio llynnoedd bychain tlysion gyda dŵr hyfryd o oer, pan stopiodd Bleddyn yn sydyn. Trodd ei ben o un ochor i'r llall, yn arogli'r awyr.

'Be sy?' gofynnodd Branwen.

'Dieithriaid,' chwyrnodd Bleddyn, 'i lawr yn y dyffryn oddi tanon ni. Oes gen ti awydd mynd i weld be maen nhw'n neud?'

Gwenodd Branwen. O fewn dim, roedd y lleill yn gwylio'r aderyn du, sgleiniog yn hedfan dros y coed am y dyffryn. Daeth yn ei hôl o fewn rhyw hanner awr.

'Tua cant ohonyn nhw sy 'na, yn gorffwys yn y coed ar lan llyn go fawr ac yn paratoi i ymosod ar bentre yn is i lawr y dyffryn heno. Mae gennyn nhw ddwsin o gaethweision, llwyth y Dreigiau ddeudwn i,' meddai gan edrych ar Drogen. 'Er fod eu gwalltiau nhw'n fwd a baw i gyd, ro'n i'n dal i fedru gweld mai gwallt golau fel ti oedd gennyn nhw. Ond mae ambell un mewn stâd go ddrwg, mae arna i ofn...'

'Be ti'n feddwl? Pa mor ddrwg?' gofynnodd Drogen.

Ciledrychodd Branwen ar y ddau arall.

'Ti'n siŵr dy fod ti isio gwybod?'

'Ydw,' meddai Drogen, gan sythu.

'Mae'n amlwg fod y Dieithriaid wedi bod yn eu harteithio nhw... i gael gwybod ble mae'r pentrefi nesa. Roedd un hen ddyn â gwaed yn diferu o ble roedd ei lygad yn arfer bod... a'r lleill yn trio deud wrtho fo nad oedd bai arno fo am ddeud be roedd y Dieithriaid isio'i wybod – mi fydden nhw wedi dechrau arteithio un arall ohonyn nhw tase fo'm wedi rhoi mewn.'

'Y jiawled! Mae'n rhaid i ni eu hachub nhw!' meddai Arthur yn wyllt.

'Be? Y pedwar ohonon ni yn erbyn cant ohonyn nhw, ia?' meddai Bleddyn. 'Ia, mi ddylai hynny fod yn hawdd...'

'Mae'n rhaid bod rhywbeth y gallwn ni ei wneud,' meddai Drogen. 'Rhybuddio'r bobol yn y pentre nesa yn un peth!'

'Yffach, ie!' rhuodd Arthur. 'Allwn ni gyrraedd yno cyn nos, siawns?'

'Mi allwn i...' meddai Branwen, 'fel yr hed y frân.'

'Mi allwn innau hefyd,' meddai Bleddyn, 'fel y rhed y blaidd.'

'Ond mi fyswn i'n gynt.'

'Ti'm yn cael mynd ar dy ben dy hun!' meddai Bleddyn. 'Be os fydd pobol y pentre ddim yn dy gredu di ac yn ymosod arnat ti?'

Gwenodd Branwen. Roedd o'n poeni amdani felly. Nodiodd ei phen i ddangos ei bod yn bodloni.

'Iawn, felly ddo innau ar d'ôl di fel blaidd,' meddai Bleddyn. 'Jest gwna'n siŵr 'mod i'n gallu dy weld di.'

'Saf funud,' meddai Arthur, 'beth y'n ni'n dau fod i wneud yn y cyfamser, a sut y'n ni'n mynd i ddod o hyd i'n gilydd eto?'

Edrychodd pawb ar ei gilydd. Cwestiwn da.

'Os oes 'na ddwy afon yn cyfarfod yn y pentre 'ma, dw i'n gwybod ble mae'r pentre,' meddai Drogen. 'Ac mae 'na gaer ar fryn wrth ei ymyl, yr ochor arall i'r afon. Dinas Emrys.'

'Dw i wedi clywed am fan'no,' meddai Bleddyn. 'Onid fan'no nath y Brenin Lludd Llaw Eraint gladdu dwy ddraig?'

'Dyna ti,' meddai Drogen, 'un goch ac un wen, fyddai'n brwydro'n ffyrnig bob Gŵyl Fai nes bod y sgrechfeydd yn codi cymaint o ofn ar bobol, byddai merched beichiog yn colli eu babanod, dynion yn colli eu nerth a'r plant yn mynd yn wallgo.'

'Beth, felly cafodd y dreigiau eu lladd gan y Brenin Lludd?' gofynnodd Arthur.

'Na, eu meddwi efo medd nes eu bod yn cysgu'n drwm nath o, ac yno maen nhw o hyd mae'n debyg, mewn trwmgwsg mewn ogof dan y ddaear.'

'Yfe nawr? Ac ai chwedl neu stori wir yw hi?'

'Ro'n i wastad wedi cymryd mai chwedl oedd hi,' meddai Drogen. 'Ond rŵan, dw i ddim mor siŵr.'

'Mae'r straeon 'ma'n ddiddorol dros ben, dw i'n siŵr,' meddai Branwen, 'ond os yden ni am rybuddio'r pentre mewn pryd, fyddai hi ddim yn syniad i ni symud?'

'Byddai,' cytunodd Bleddyn, 'felly ydach chi am ein cyfarfod wrth Ddinas Emrys nes 'mlaen 'ta?'

Dyna drefnwyd, ac wedi iddo roi ei gleddyf i Arthur ei gario, gan ei bod yn haws iddo symud hebddo fel blaidd, diflannodd Bleddyn i'r gorllewin gyda Branwen. Cerdded yn frysiog ar eu holau wnaeth

Drogen ac Arthur, nes i Arthur sylwi ei bod hi'n cael trafferth cadw i fyny efo'i gamau breision o.

'Ti moyn neidio ar fy nghefn i, bach?' gofynnodd Arthur. 'Wy'n ddigon cryf, sdim rhaid i ti boeni am hynny.'

Roedd Drogen wedi blino yn sicr, felly cytunodd, a chael gweld y tir o'i chwmpas o safle llawer uwch nag arfer. Roedd hi'n gallu gweld Dinas Emrys o fewn dim ac yn gallu dangos i Arthur pa ffordd i fynd.

'Gwneud tîm da, ond y'n ni?' chwarddodd Arthur.

Ond nofio ar draws yr afon fu'n rhaid i'r ddau, a Drogen yn cydio'n dynn, dynn yn y sach yr holl ffordd.

Pan gyrhaeddon nhw'r gaer a'u dillad yn dal i ddiferu, roedd y drws mawr derw ar glo.

'Wel, do'n i'm wedi disgwyl cael mynd mewn; "wrth ymyl" ddywedson ni ynde?' meddai Drogen. 'Ond mae'n dal yn rhyfedd o dawel yma... Ble mae pawb?'

'Wedi clywed fod y Dieithriaid ar eu ffordd falle...' meddai Arthur. 'Dere draw at y dderwen fawr lawr fan'na, lle da i ninne guddio os oes raid.'

Sythodd Drogen wrth edrych ar y dderwen a'r graig lwyd wrth ei hymyl. Roedd edrych arnyn nhw fel teimlo sioc drydanol yn mynd drwyddi. Cerddodd yn ei blaen yn syth, wedi cynhyrfu braidd.

'Mi wna i dân yma,' meddai. 'Wrth y graig yna.'

'I beth? Bydd y mwg yn dangos i'r Dieithriaid bod rhywun yma.'

'Dim ond un bach, un hawdd ei ddiffodd cyn nos.

Mae 'na rywbeth yn deud wrtha i 'mod i angen cynnau un.'

'Isie sychu dy ddillad wyt ti?'

'Mi fysa hynny'n braf, ond nid dyna'r rheswm. Paid â holi, fedra i mo'i esbonio fo. Dw i jest yn gwybod fod angen fflamau arna i – fan hyn.'

'Rhyngot ti a dy fflamau...' meddai Arthur, 'ond fydde'n dda 'da fi sychu rhywfaint hefyd.' Dechreuodd dynnu amdano wrth i Drogen hel brigau a choediach.

Bum munud yn ddiweddarach, roedd hi'n syllu i mewn i'r tân, yn canolbwyntio cymaint ar y fflamau fel y gwyddai Arthur nad oedd diben ceisio sgwrsio gyda hi. Yna, yn sydyn, bu bron i Arthur neidio allan o'i groen o'i chlywed yn gweiddi mewn braw.

'Beth sy?' holodd.

'Dw i'n gallu gweld!' meddai Drogen. 'Yn gallu gweld fel Dorti Ddu!'

'Gweld beth?'

'Lluniau yn y fflamau! A dw i'n gweld Branwen a Bleddyn... yn cael eu llusgo gan dorf o bobol... Maen nhw'n sgrechian a gweiddi! Arthur! Maen nhw angen ein help ni!'

'Beth? Ti'n siŵr?'

'Berffaith siŵr! Brysia!'

'Ond i ble? Y pentre rydyn ni'n ceisio'i achub?'

'Ia!'

Wedi diffodd y tân yn frysiog a stampio'r llwch i'r pridd wrth droed y graig lwyd, rhedodd y ddau i lawr y bryn yn ôl am yr afon, ac yno fe welson nhw fachgen ifanc yn rhedeg drwy'r coed.

'Hei! Stopia!' galwodd Drogen. ''Dan ni angen dy help di!'

'Odyn ni?' meddai Arthur.

'Ydan! Hei!' Ond roedd y bachgen wedi penderfynu rhedeg yn gynt yn hytrach na stopio.

'Stopa'r jiawl bach!' bloeddiodd Arthur, gan daranu ar ei ôl.

O fewn dim, roedd y bachgen yn gwingo yn nwylo Arthur.

'Doedd 'na'm rhaid i ti redeg 'sti,' meddai Drogen, 'dim ond isio holi cwestiwn neu ddau oedden ni.'

'Be oeddach chi isio'i wybod 'ta?' meddai'r bachgen yn flin.

'Pam oeddet ti'n rhedeg yn y lle cynta?'

'Am fod 'na offrymu'n mynd i fod – ar y bont dros afon Glaslyn! A dw i'm isio'i golli o!'

'Offrymu? Beth? A pham?' gofynnodd Arthur.

'Ddim "beth", ond pwy. Gwrach a dewin gafodd eu dal pnawn 'ma, ac mae'r Pennaeth wedi deud bod angen gwneud offrwm mawr i'r duwiau i'n harbed ni rhag y Dieithriaid, offrwm mwy nag ambell afr neu iâr. Dydi'r rheiny'n amlwg ddim yn gweithio.'

Edrychodd Drogen ac Arthur ar ei gilydd.

'Gwrach a dewin?'

'Ia, dowch efo fi os 'dach chi isio'u gweld nhw'n cael eu lladd.'

'Iawn, dangos di'r ffordd,' meddai Arthur.

'Fydd raid i ni frysio!' meddai'r bachgen a dechrau rhedeg nerth ei draed. Cydiodd Arthur yn llaw Drogen a'i llusgo ar ei ôl drwy'r coed.

Roedd 'na gannoedd o bobol wedi hel o gwmpas y bont bren, a rhai wedi dringo'r coed i allu gweld yn well. Gwthiodd y bachgen ei hun drwy'r dorf; roedd o'n ddigon main ac eiddil i wneud hynny, ond doedd dim gobaith i rywun o faint Arthur. Roedd o'n ddigon tal i weld dros bennau pawb; doedd Drogen ddim. Cododd Drogen ar ei ysgwyddau iddi hithau gael gweld yr hyn oedd yn digwydd ar y bont. Suddodd ei chalon. Roedd y fflamau wedi dweud y gwir: Branwen a Bleddyn oedd y ddau oedd yn mynd i gael eu hoffrymu. Safai'r ddau y tu ôl i'r Pennaeth â'u breichiau wedi eu clymu y tu ôl i'w cefnau, a diferai gwaed o drwyn Bleddyn.

'Pam na wnân nhw droi'n frân a blaidd?' sibrydodd hi yng nghlust Arthur.

'So ti wedi gweld yr arfau sy 'da'r dynion hyn?' sibrydodd Arthur yn ôl. 'Bydde saeth drwy galonnau'r ddau o fewn eiliadau.'

'Ond mae'n rhaid i ni wneud rhywbeth!' hisiodd Drogen.

'Fel beth? Oes unrhyw syniade 'da ti, achos sdim un 'da fi! A ti yw'r un 'da'r doniau, does gyda fi ddim...'

Doniau? Pa ddoniau oedd o'n cyfeirio atyn nhw?

meddyliodd Drogen. Wrth gwrs, ei gallu i wneud tân. Ond allai hi ddim cynnau tân fan hyn, heb frigau na dim. Ond eto... tybed?

Roedd y Pennaeth ar ganol araith hir am yr angen i blesio'r duwiau drwy gynnig offrwm o gnawd dynol:

'... a phan welwyd y ddau yma'n troi o fod yn anifeiliaid i fod yn fodau dynol, fe wyddwn yn syth mai dyma oedd yr arwydd! Gwrach a dewin gyda galluoedd goruwchnaturiol! Bydd yr offrwm hwn yn siŵr o fodloni'r duwiau!'

Oedodd yn ddramatig er mwyn i'r dorf gael cymeradwyo a gweiddi'n frwd. Cododd gyllell efydd finiog uwch ei ben.

'Gyda'r gyllell sanctaidd hon, offrymwn y ddau a bydded i'w gwaed lifo i ymuno â'r afon oddi tanom!'

Bloeddiodd y dorf eto, a chafodd Bleddyn ei wthio gan ddau ddyn cryf at ochor y bont. Yna cafodd ei droi ar ei gefn fel bod ei ben yn hongian dros yr ochor. Sgrechiodd Branwen, a chanolbwyntiodd Drogen yn galetach ar wisg y Pennaeth. Roedd yn gwisgo math o goron gymhleth wedi ei gwneud o wellt a brigau.

Daliodd Arthur ei wynt wrth wylio'r Pennaeth yn mynd ar ei liniau wrth ochor Bleddyn. Roedd yn rhaid iddo wneud rhywbeth. Cydiodd yn Drogen er mwyn ei rhoi ar y llawr, ond claddodd hithau ei hewinedd yn ei ben gan hisian,

'Na...!'

Oedd Drogen yn mynd i allu gwneud rhywbeth? Ond beth? A phryd?

Cododd y Pennaeth y gyllell uwch ei ben gydag un llaw, gan bwyso'r llall ar frest Bleddyn, oedd yn gwingo a phrotestio.

'Offrymaf di –' dechreuodd y Pennaeth, ond yn sydyn, ffrwydrodd ei goron yn fflamau melyn. Fflamau cryfion oedd yn bwyta'r brigau a'r gwellt a'i wallt. Sgrechiodd y Pennaeth, taflu'r gyllell o'r neilltu a cheisio cydio yn y goron er mwyn ei thynnu, ond roedd hi'n sownd yn ei ben. Neidiodd ei ddynion tuag ato er mwyn ceisio'i helpu. Roedd y dorf yn sgrechian, ond neb mor uchel â'r Pennaeth. Roedd y fflamau'n bwyta i mewn i'w groen, a neb yn gallu tynnu'r goron. Yna neidiodd y Pennaeth ar ei ben i'r afon, a neidiodd hanner dwsin o'i ddynion ar ei ôl – yn cynnwys y dynion oedd wedi bod yn gafael yn Bleddyn. Cododd hwnnw ar ei draed yn syth a syllu i mewn i'r pwll dwfn mewn anghrediniaeth fel pawb arall.

'Y duwiau!' sgrechiodd Branwen. 'Mae'r duwiau wedi dangos eu bod yn ddig! Doedden nhw ddim am i chi ein lladd ni!'

Dechreuodd y dorf fwmian siarad â'i gilydd, mewn sioc, mewn braw. Wrth i'r dynion helpu eu pennaeth allan o'r dŵr, bloeddiodd Bleddyn:

'Roedd y duwiau wedi ein gyrru yma i'ch helpu! I'ch rhybuddio! Mae'r Dieithriaid yn paratoi i ymosod arnoch chi heno! Heno!'

Roedd y Pennaeth yn dal yn fyw, ond roedd ei ben yn llanast erchyll o ddu a choch, a pheth o'r brigau wedi eu llosgi i mewn i'w benglog. Udai mewn poen. Camodd hen ddynes ymlaen.

'Ewch â fo i'w gartre, a blant, brysiwch i gasglu hynny allwch chi o lysiau'r gwayw. Dewch â nhw ataf fi yn syth. A rhyddhewch y wrach a'r dewin. Mae'r duwiau'n mynnu hynny.'

Brysiodd y dynion oedd yn dal i afael yn Branwen i dorri'r rhaff am ei garddyrnau. Yr eiliad roedd hi'n rhydd, camodd at Bleddyn a'i gofleidio'n dynn, dynn. Yr eiliad y torrwyd ei rwymau yntau, cydiodd Bleddyn yn dynn ynddi hithau a chusanu ei gwallt a'i phen.

Cododd Arthur ei freichiau i dynnu Drogen i lawr oddi ar ei ysgwyddau a'i gosod o'i flaen.

'Da iawn, Drogen,' sibrydodd. 'Ond gymrest ti dy amser, on'd do fe?'

Gwenodd Drogen arno, heb drafferthu i'w ateb, cyn cydio yn ei law a'i arwain at y bont, lle roedd Bleddyn a Branwen yn dal i gydio'n dynn yn ei gilydd, a Branwen yn wylo a chrynu mewn sioc a rhyddhad.

'Chi ddim gwaeth 'te?' meddai Arthur.

Trodd y ddau i sbio arno, a thaflodd Branwen ei breichiau am ei wddf. Taflodd Drogen ei hun i freichiau Bleddyn.

'Diolch,' sibrydodd Bleddyn yn ei chlust.

Tynnodd hithau ei phen yn ôl i sbio i fyw ei lygaid, a gwenu.

'Ahem,' pesychodd llais dwfn y tu ôl iddyn nhw. Un o ddynion hŷn y pentre. Trodd pawb i sbio arno.

'Dyw ein Pennaeth ddim mewn cyflwr i fedru arwain na gwneud penderfyniadau, ac fel ei ewyrth, fi, Caradog, sy'n cymryd ei le dros dro. Mae'n ddrwg iawn gen i na wnaethon ni eich credu ar y dechrau.'

'Popeth yn iawn,' meddai Bleddyn. 'Dŵr dan y bont...'

'Ie...' meddai Caradog, 'ond os yw'r duwiau wedi eich gyrru i'n rhybuddio, dw i'n cymryd eich bod yn mynd i aros i'n cynorthwyo hefyd?'

'Eich cynorthwyo?' meddai Branwen. 'I ddianc 'dech chi'n feddwl?'

'Os fyddwn ni'n rhedeg, fe fyddan nhw'n siŵr o'n dal ni yn hwyr neu'n hwyrach,' meddai'r dyn. 'Oni fyddai'n well i ni aros a brwydro?'

'Ac mi allen ni achub eu carcharorion nhw wedyn,' meddai Drogen yn dawel.

Edrychodd y tri arall arni'n fud; roedden nhw wedi anghofio am y rheiny.

'Wy'n hoffi'r syniad yna fy hunan,' meddai Arthur. 'Beth amdani, bois?'

8

'Mae hyn yn hurt,' meddai Bleddyn wrth wylio'r pentrefwyr yn rhedeg yn ôl ac ymlaen gyda cherrig ac yn prysur naddu a thorri cannoedd o saethau a gwaywffyn. 'Does gynnon ni'm gobaith yn erbyn y Dieithriaid fel hyn! Cerrig, gwaywffyn ac ambell gyllell efydd? Yn erbyn eu cleddyfau hirion nhw? Cleddyfau sy ddim yn torri yn eu hanner ar ganol brwydr?'

'Be sy arnot ti, gwed?' wfftiodd Arthur. 'Calon sy'n bwysig, calon a dewrder – a bod yn barod. Ganol nos ymosodon nhw arnon ni, heb rybudd yn y byd, a 'na pam drechon nhw ni. Sen ni'n gwybod eu bod nhw'n dod, fydde hi wedi bod yn stori wahanol.'

'Ti'n meddwl?' sythodd Bleddyn. 'Roedden ni'n barod, ond gawson ni'n chwalu.'

'Hei – be mae Drogen yn neud yn fan'na?' gofynnodd Branwen.

Trodd y ddau fachgen i weld fod Drogen yn ei chwrcwd wrth ymyl craig, yn cynnau tân.

'Tân arall?' meddai Bleddyn. 'Nid 'mod i'n cwyno am yr un dwytha.'

'Aaa,' meddai Arthur yn wybodus. 'Mae hi wedi darganfod dawn newydd – mae hi'n gallu gweld y dyfodol yn y fflamau. Dyna sut gwydden ni eich bod chi'ch dau mewn trwbwl. Rhowch gyfle iddi astudio'r fflamau cyn mynd ati...'

Felly gwyliodd y tri y ferch fach yn rhoi mwy o goed

ar y tân ac yna, pan oedd hi'n fodlon, yn eistedd o'i flaen a rhythu i mewn i'r fflamau am amser hir. Pan gododd Drogen ar ei thraed, brysiodd y tri tuag ati.

'Wel?' meddai Branwen. 'Welest ti rywbeth?'

'Do,' gwenodd Drogen. 'Wyneb Dorti Ddu'n deud wrtha i be ddylen ni wneud. Dewch efo fi i'r coed, lle na chawn ni ein gweld gan neb arall.' Gwrthododd egluro mwy, dim ond brysio drwy'r goedwig drwchus, gan blygu'n hawdd i osgoi'r canghennau isel, fel bod y lleill bron allan o wynt yn dal i fyny gyda hi.

Pan gyrhaeddodd lecyn agored gyda charped o fwsog yn drwch dan ei thraed, stopiodd.

'Fan hyn,' meddai, 'casglwch goed tân i mi, brysiwch.'

Ufuddhaodd y gweddill yn ddigwestiwn. Roedd yr haul ar fin machlud a byddai'n nos ymhen dim. Cafodd Bleddyn gip ar y blaidd llwyd wrth iddo dorri canghennau oddi ar hen fedwen oedd wedi disgyn ers tro.

'Sut mae, gyfaill?' meddyliodd. 'Dw i'm wedi dy weld ti ers sbel…'

Sylwodd Branwen hithau fod cryn ddwsin o frain yn y coed uwch ei phen yn ei gwylio, a chododd law arnyn nhw.

Ond ni sylwodd Arthur ar y cysgod tywyll oedd yn cadw llygad barcud arno yntau.

Pan oedd y tân yn llosgi'n braf, gofynnodd – na, gorchmynnodd – Drogen i'r tri arall ddal dwylo gyda hi mewn cylch o gwmpas y fflamau.

'A rŵan, caewch eich llygaid a chanolbwyntiwch,' meddai, 'a dwedwch y geiriau hyn ar fy ôl i: "Rwy'n galw ar fy nheulu... i ymgasglu a dyfod i'm helpu... o'r gogledd a'r de, o'r gorllewin a'r dwyrain... o'r mynyddoedd, y dyfroedd a'r coedwigoedd... o'r awyr a'r cymylau fry... Galwaf yn daer... Galwaf yn gryf... Galwaf yn enw ein llwyth... Galwaf yn enw fy nghyndeidiau... Galwaf yn enw'r duwiau... Dewch yn llu i fy helpu i... Dewch yn llu i fy helpu i... Dewch yn llu i fy helpu i... Dewch yn llu i fy helpu i!"'

Roedd eu lleisiau wedi codi'n uwch ac yn uwch wrth lafarganu, nes eu bod bron yn gweiddi. Gallai Bleddyn deimlo'i ben yn troi; gallai Branwen deimlo'r gwres rhyfedda'n llifo drwyddi; a doedd Arthur ddim yn siŵr beth roedd o'n ei deimlo, ond doedd o erioed wedi teimlo fel hyn o'r blaen. Dechreuodd Drogen eu tynnu fel eu bod yn camu'n araf o amgylch y tân, a dechreuodd ganu un nodyn hir, isel. Ymunodd y lleill gyda hi, a sylweddoli fod y nodyn yn mynd yn uwch ac yn uwch.

Yna, peidiodd y canu, a gollyngodd y pedwar ddwylo'i gilydd. Agorodd Arthur ei lygaid. Roedd y fflamau wedi codi'n un fflam hir, uchel, oedd yn troelli'n las, piws a melyn. Yna, yn ddirybudd, diflannodd y fflam yn llwyr, gan adael y mymryn lleia o fwg yn codi'n araf o'r llwch.

Safodd y pedwar yn eu hunfan, eu pennau'n chwil a'u cegau'n sych.

'Diolch,' meddai Drogen. 'Dim ond gobeithio rŵan ei fod o wedi gweithio.'

'Be'n union sy fod i ddigwydd?' holodd Branwen.

'Byddin. Rydan ni wedi galw ar fyddin i ddod i'n helpu ni heno.'

'Pa fyddin?' gofynnodd Bleddyn. 'O'r geiriau yna, roedd o'n swnio fel tasen ni'n galw ar ein cyndeidiau, ar ein perthnasau sy wedi marw ers canrifoedd. Nid ymladd efo ysbrydion fyddwn ni, naci?'

'Naci,' gwenodd Drogen, 'eneidiau o gig a gwaed, gobeithio.'

'Beth y'n ni fod i wneud nawr 'te, disgwyl iddyn nhw droi lan?' gofynnodd Arthur. 'Achos sai'n gwybod amdanoch chi, ond wy'n llwgu.'

Chwarddodd y lleill, cyn sylweddoli fod eu boliau hwythau'n teimlo'n felltigedig o wag.

'Dim problem,' meddai Bleddyn, 'rhowch fwy o goed tân ar hwnna a ddo i 'nôl efo cwningen neu ddwy o fewn dim. Fyddwn ni angen yr egni ar gyfer heno, byddin neu beidio.'

Trodd Branwen at Drogen.

'Ers pryd wyt ti'n gallu darllen y fflamau 'ta?'

'Heddiw,' meddai Drogen yn syml.

'Wela i. A gweld y dyfodol wyt ti, ie?'

'Neu be sy'n digwydd yn rwla arall.'

'Felly wnest ti'm gweld pwy oedd yn mynd i ennill y frwydr 'ma heno?'

Oedodd Drogen, cyn ateb yn amyneddgar, 'Dydyn nhw'm yn dangos pob dim, dim ond be maen nhw'n dewis ei ddangos.'

'Wela i. Oes gen ti ddoniau eraill nad yden ni'n gwybod amdanyn nhw?'

'Dw i'm yn meddwl.'

'Be am yr wy 'na ti'n ei gario o gwmpas y lle fel tase fo'n aur?'

Oedodd Drogen cyn ateb.

'Dw i'm yn hollol siŵr am hwnna,' meddai. 'Y cwbwl wn i ydi ei fod o'n bwysig. Dorti Ddu roddodd nhw i mi.'

'Nhw? Felly mae gen ti fwy nag un!'

Drapia. Gallai Drogen gicio'i hun. Ond eto, beth oedd pwynt cadw cyfrinachau rŵan? Roedd ganddi ffydd yn ei chyfeillion newydd – ac roedd hi newydd achub eu bywydau, felly go brin y bydden nhw'n ceisio'i thwyllo na dwyn dim oddi arni.

'Oes, mae gen i ddau,' meddai yn y diwedd. 'Ac maen nhw'n cynhesu.'

'Cynhesu?'

'Ia. Dw i'n teimlo eu gwres nhw ar fy nghefn i rŵan.'

'Wyau beth y'n nhw?' gofynnodd Arthur, oedd wedi bod yn gwrando'n astud.

'Wyau draig yn ôl Dorti. Wyau'r ddraig olaf.'

'Wyau draig? Paid â malu!' meddai Arthur. 'Mae 'na'n amhosib.'

'O'n i'n meddwl ei bod hi'n amhosib rhoi coron ar dân heb gyffwrdd ynddi hefyd,' meddai Branwen.

'O ie...' meddai Arthur. 'Felly... ody'r wyau hyn yn mynd i ddeor? Ac os y'n nhw, wyt ti'n gwybod sut i drin dreigiau?'

'Nac'dw, dw i ddim yn gwybod sut i drin dreigiau,' meddai Drogen braidd yn ddiamynedd, 'a nag oes, does gen i'm syniad ydyn nhw'n mynd i ddeor. Efallai mai eu cadw'n gynnes a diogel ar gyfer rhywun arall oedd y syniad. Doedd 'na fawr o amser i Dorti egluro'n iawn.'

Trodd Arthur ei ben yn sydyn.

'Jiw, ti 'nôl yn barod, Bleddyn?' meddai.

Trodd y ddwy arall i edrych i'r un cyfeiriad, a gweld blaidd mawr gwyn yn sefyll ddecllath y tu ôl iddyn nhw.

'Ond fethaist ti ddal swper i ni, wy'n gweld,' chwarddodd Arthur. 'Dyw hynna ddim fel ti!'

'Dydi hwnna'n sicr ddim fel Bleddyn,' meddai Branwen. 'Blaidd llwyd ydi Bleddyn, nid un gwyn.'

'Felly... blaidd go iawn yw e?' meddai Arthur, gan geisio cadw'r ofn allan o'i lais. Roedd y blaidd hwn yn llawer iawn mwy na Bleddyn hefyd, erbyn gweld, a chanddo lygaid oer, oer, mileinig.

'A bleiddiaid go iawn ydi'r rheina y tu ôl i ti hefyd,' meddai Drogen.

'Beth?' Trodd Arthur yn wyllt a chael ffit biws o weld ugeiniau o fleiddiaid yn camu drwy'r coed tuag atyn nhw. Ac ugeiniau o rai eraill y tu ôl iddyn nhw.

'Mae 'na gannoedd ohonyn nhw...' meddai Branwen mewn llais crynedig.

'Ond sbia uwch dy ben di,' meddai Drogen.

Cododd Branwen ei phen a gweld fod cannoedd ar gannoedd, os nad miloedd, o frain wedi glanio ar ganghennau'r coed o'u cwmpas, a mwy yn hedfan ar draws yr awyr, yn gwmwl mawr du. Chwarddodd, yn teimlo'n well yn syth.

'Felly rhain ydi'n byddin ni! Dw i'n iawn tydw, Drogen? 'Den ni wedi galw ar anifeiliaid ein gwahanol lwythau! Ac maen nhw wedi'n clywed ni!'

'Ond os felly,' cychwynnodd Arthur, 'ble mae'r...? O!' Roedd o wedi teimlo anadl poeth rhywbeth mawr ar ei war. Rhywbeth llawer iawn mwy nag o. Trodd yn araf, araf i weld be oedd mor agos ato. Arth fawr frown, yn sefyll ar ei dwy goes, yn sbio i lawr arno.

'O, fy nuw,' sibrydodd, a rhythu'n hurt i fyw y llygaid tywyll, sgleiniog. 'Ym... shwmai?'

Rhuodd yr arth arno, yna gollwng ei ddwy goes flaen i lawr a dechrau snwffian traed a choesau Arthur.

'Sbia,' meddai Drogen gyda gwên.

Allai Arthur ddim credu ei lygaid. Roedd 'na gannoedd o eirth, rhai brown, rhai duon, rhai golau, yn ymlwybro drwy'r coed tuag atyn nhw.

'Dy fyddin dy hun!' chwarddodd Branwen.

'Be ar y ddaear sy'n mynd 'mlaen yma?' galwodd llais Bleddyn o'r cysgodion. 'Welais i 'rioed gymaint o fleiddiaid yn fy myw,' meddai wrth gamu allan o'r coed gyda thair cwningen yn ei law dde, 'a – nefoedd yr adar!' meddai wedyn, o sylwi ar yr eirth am y tro cynta. Gollyngodd y cwningod i'r llawr mewn sioc.

'Paid â bod ofn, Bleddyn bach,' meddai Arthur, oedd yn mwynhau pob eiliad. 'Wnân nhw ddim byd i ti – os na ddyweda i'n wahanol...!' Ond fe gaeodd ei geg yn go handi pan ddechreuodd rhai o'r bleiddiaid sgyrnygu arno. 'Jocan! Dim ond jocan o'n i...'

'Ydi'r rhain yn mynd i'n dilyn ni, Drogen?' gofynnodd Branwen.

'Dyna'r syniad,' meddai Drogen Fach.

'Ac ydyn ni'n mynd i gael cwmni cwpwl o ddreigie hefyd?' gofynnodd Arthur.

'Dw i'm yn meddwl,' meddai Drogen, 'dw i'n amau faint o help fyddai dau wy.'

Allai Arthur ddim helpu ei hun – dechreuodd chwerthin. Ffrwydro chwerthin wnaeth Branwen hefyd, a Bleddyn, nes bod y dagrau'n llifo. Allai Drogen ddim peidio ag ymuno efo nhw chwaith. Ond hi oedd y gynta i ddifrifoli.

'Iawn, dw i'n meddwl y bysa'n syniad i ni baratoi at heno. Bwyd gynta, ia?'

Wedi i'r pedwar gnoi pob darn o gig oddi ar esgyrn y cwningod, a thaflu'r gweddillion at ambell flaidd ac arth oedd wedi bod yn eu llygadu drwy'r cyfan, cododd Bleddyn ar ei draed.

'Ella y bysa'n syniad i ni rybuddio'r pentrefwyr mai ar eu hochor nhw mae'r anifeiliaid 'ma i gyd. Dowch, awn ni 'nôl i lawr.'

Arhosodd yr anifeiliaid o'r golwg yn y coed nes i'r criw gael pwyllgor gyda Caradog a'i brif filwyr. Roedden nhw'n amheus iawn ar y dechrau, felly cododd Bleddyn ei ddau fys bach i'w geg a chwibanu'n uchel, a gwnaeth Arthur a Branwen yr un modd. Llifodd y môr o eirth a bleiddiaid i lawr drwy'r caeau at y pentre ac fe drodd yr awyr yn dywyll gyda'r holl adenydd duon. Rhythodd y pentrefwyr yn hurt arnyn nhw.

'Iawn, iawn! Rydan ni'n eich credu chi!' medden nhw'n frysiog.

Penderfynwyd y dylai Arthur a'r eirth fynd i'r coed ar ochor ddeheuol yr afon, a'r bleiddiaid a Bleddyn i'r gogledd ohoni. Byddai'r brain yn uwch i fyny'r afon gyda Branwen, ac yn rhoi'r arwydd bod y Dieithriaid ar eu ffordd.

'Ond dim ond rhoi'r arwydd, cofia,' meddai Bleddyn, 'paid â meiddio gwneud dim byd gwirion.'

'Hei,' meddai Branwen, wedi ei phigo, 'paid ti â 'nhrin i fel ryw lodes fach chwech oed. Dw i'n gwybod yn iawn be dw i'n neud, dallta!'

'Ddim dyna o'n i'n –'

'Jest am 'mod i'n ferch, ie? Wel gwranda di, Bleddyn o lwyth y Bleiddiaid, dw i gystal milwr â ti bob tamed!'

'Dw i'n gwybod hynny, siŵr!' protestiodd Bleddyn. 'Dim ond... Ddim isio i ti gael dy anafu ydw i... Sa'n... Sa'n gas gen i dy golli di...'

Doedd yr un o'r ddau wedi trafod y cofleidio fu ar y bont pan fu bron iddyn nhw gael eu hoffrymu, ond roedd y ddau'n dal i fedru teimlo'r gwres lle roedd eu cyrff wedi cyffwrdd â'i gilydd.

'Sa'n gas gen i dy golli di hefyd,' gwenodd Branwen yn swil.

Roedd yr haul wedi hen ddiflannu a'r tywyllwch wedi disgyn, ond gallai Bleddyn weld y gwrid ar ei bochau. Iechyd, roedd hi'n dlws. Rhoddodd ei ddwylo ar ei hysgwyddau, edrych i fyw ei llygaid a rhoi cusan hir iddi ar ei gwefusau. Bu bron i goesau Branwen roi oddi tani. Doedd hi erioed wedi cusanu neb o'r blaen ac roedd y ffordd roedd ei phen a'i stumog yn troi a throelli a mynd tin dros ben yn brofiad cwbwl ddieithr iddi.

'Ym... Ddrwg 'da fi darfu arnoch chi,' meddai Arthur, 'ond mae'n bryd i ni fynd.'

'O, ia, yndi siŵr,' meddai Bleddyn. 'Pob lwc i ti – chi – ni! A chofia be ddwedais i, Branwen...'

Gwenodd Branwen. Rhoddodd goflaid arall sydyn iddo – ac i Arthur – ac yna diflannodd y tri i gyfeiriadau gwahanol, gan godi llaw ar Drogen Fach. Roedd hi'n aros gyda'r pentrefwyr i ddisgwyl beth fyddai'n dod drwy'r tywyllwch. Ac i gadw ei hwyau'n agos ac yn ddiogel – gobeithio. Caeodd ei llygaid yn dynn er mwyn gweddïo y byddai ei ffrindiau'n ddiogel hefyd.

9

Roedd yr hanner lleuad yn uchel yn yr awyr ac awel ysgafn yn siffrwd drwy ddail y coed pan glywodd Branwen y grawc gynta. Roedden nhw ar y ffordd. Estynnodd ei braich a hedfanodd dwy frân i lawr o goeden a glanio arni.

'Cerwch i ddeud wrthyn nhw,' sibrydodd. 'Un wrth y bleiddiaid a'r llall wrth yr eirth.'

Cododd y brain yn ufudd i'r awyr a hedfan dros y coed. Arhosodd un i'r gogledd o'r afon a chroesodd y llall i'r de, at y goedwig lle disgwyliai Arthur gyda'i eirth.

Yna clywodd Branwen grawc arall, ac un arall, a nodiodd ei phen. Roedd y Dieithriaid yn dod i fyny'r dyffryn ar ddwy ochor yr afon. Ychydig dros gant o ddynion, rhai'n fawr a chryf, rhai'n fwy eiddil a chyflym, a phob un, yn ôl y brain, â chanhwyllau duon eu llygaid yn annaturiol o fawr. Roedd un o'r brain oedd wedi cael eu gyrru i gadw golwg arnyn nhw ers rhai oriau wedi dod yn ôl i ddweud eu bod yn paratoi diod gyda rhyw ddail arbennig. Daeth brân arall yn ddiweddarach i ddweud fod y ddiod yn cael effaith ryfeddol arnyn nhw, ac yn eu gwneud hyd yn oed yn fwy ymosodol nag arfer. Roedden nhw hyd yn oed wedi dechrau paffio'n erbyn ei gilydd, nes i'w harweinydd orchymyn iddyn nhw gadw eu hegni ar gyfer eu gwir elynion.

Roedd Branwen yn un o'u gwir elynion. Sylweddolodd

ei bod yn crynu. Caeodd ei llygaid a phan agorodd nhw eto roedd hi'n gweld drwy lygaid brân. Cododd i'r awyr a hedfan i gyfeiriad y crawcian. Gallai weld cysgodion tywyll y Dieithriaid yn symud yn gyflym a chwbwl dawel oddi tani. Roedd rhywbeth anifeilaidd amdanyn nhw, fel cathod yn stelcian llygod.

Roedden nhw'n agosáu at lle roedd Bleddyn ac Arthur a'u byddinoedd yn eu disgwyl, ond roedd hi'n bwysig gadael iddyn nhw basio 'chydig er mwyn gallu ymosod arnyn nhw o'r cefn a sicrhau na fyddai'r un ohonyn nhw'n dianc.

Gallai Branwen deimlo'i chalon yn curo'n wyllt. Gwyddai y byddai calonnau Bleddyn ac Arthur yr un fath yn union, a'u dwylo'n chwysu wrth iddyn nhw gydio yn eu harfau, yn ysu am gael rhuthro i lawr at y Dieithriaid oedd wedi lladd eu hanwyliaid. Ond na, roedd yn rhaid aros mymryn bach eto...

Gallai weld llygaid y bleiddiaid a'r eirth yn fflachio'n goch rhwng y coed. Ond doedd yr un ohonyn nhw'n symud modfedd.

Yna, roedd y Dieithriaid yn y man iawn, wedi cyrraedd y lle delfrydol i ymosod arnyn nhw. Crawciodd Branwen yn uchel, a chrawciodd cannoedd o frain o'i chwmpas. Cododd y Dieithriaid eu pennau mewn syndod. Doedden nhw ddim wedi sylwi ar y cwmwl du oedd wedi bod yn hofran uwch eu pennau, nac ar y cysgodion oedd yn camu'n ofalus a thawel y tu ôl iddyn nhw.

Roedd sgrech y dyn cynta i deimlo dannedd blaidd

yn suddo i mewn i'w ysgwydd yn annaearol. Neidiodd dwy fleiddes ar un arall o'r dynion cyn iddo allu troi rownd, a chafodd o ddim cyfle i sgrechian. Roedd y dannedd wedi rhwygo'i wddf yn rhacs ar amrantiad. Llwyddodd un dyn i droi mewn pryd i drywanu blaidd yn ei frest, ond roedd tri blaidd arall ac arth fawr ddu ar ei ben yn syth. Gweddïai Branwen nad Bleddyn oedd yr un gafodd ei drywanu.

Roedd pennau'r Dieithriaid i gyd wedi troi 'nôl o glywed y sgrechiadau. Ond yna, trodd eu pennau i'r chwith yn sydyn: roedden nhw wedi clywed y rhuo erchyll yn carlamu tuag atyn nhw o'r de. Beth goblyn...? Ffrwydrodd llinell hir o eirth mawr, ffyrnig allan o'r coed, ac roedd ugeiniau wedi neidio allan o'r dŵr y tu ôl iddyn nhw. Roedd un wedi brathu pen un o'r dynion i ffwrdd o fewn dim. Dechreuodd y gyflafan o ddifri – llafnau hirion yn sgleinio yng ngolau'r lleuad, yn hollti a thrywanu cnawd yr anifeiliaid dewr; dannedd hirion, miniog yn rhwygo i mewn i gnawd dynol. Ac yna, hedfanodd y brain i lawr ar gyflymder brawychus i bigo pennau, llygaid a bochau'n ddidrugaredd. Wyddai'r Dieithriaid ddim ble i chwifio eu cleddyfau – roedd crafangau a dannedd yn dod o bob cyfeiriad.

Roedd y sŵn yn erchyll, yn rhuo a chwyrnu a chrawcian a chyfarth ac udo a sgrechian, y cyfan yn atseinio ar hyd y dyffryn, ac yna bloeddio'r pentrefwyr yn rhedeg i ymuno â'r frwydr, gyda Caradog ar y blaen, yn chwifio'r cleddyf yr oedd Bleddyn wedi ei fenthyg iddo.

Doedd gan y Dieithriaid ddim gobaith. Roedd y rhan fwya'n gelain pan waeddodd Caradog y dylid canu'r corn i ddod â'r gyflafan i ben. Edrychodd y pentrefwyr o'u cwmpas yn hurt, yna bloeddio'n wyllt o sylweddoli eu bod wedi ennill y frwydr. Doedd neb erioed wedi llwyddo i guro'r Dieithriaid o'r blaen. Ac i'r anifeiliaid roedd y diolch.

'Wnewch chi ddiolch iddyn nhw ar ein rhan?' gofynnodd Caradog.

Trodd Arthur at yr eirth a diolch yn dawel iddyn nhw. Roedd pedwar ohonyn nhw wedi eu clwyfo, ond nid yn ddrwg, medden nhw; fe fydden nhw'n gwella'n fuan. Gyda rhu a wnaeth i'r ddaear grynu, trodd yr eirth yn ôl am y coed a'r bryniau, eu gwaith wedi ei gyflawni.

Roedd Bleddyn wedi aros ar ffurf blaidd er mwyn diolch i'w fyddin yntau. Roedd dau wedi eu clwyfo'n ddrwg gan gleddyfau a'u cyfeillion wedi ymgasglu o'u cwmpas, rhai i geisio llyfu'r drwg o'r clwyfau, eraill i udo'n drist.

'Peidiwch â digalonni,' meddai wrthyn nhw. 'Arhoswch yma, dw i am fynd i chwilio am ferch all eu helpu.'

Aeth y tu ôl i wrych, lle caeodd ei lygaid a throi 'nôl yn fachgen. Tynnodd wisg oddi ar Ddieithryn marw a rhoi honno amdano i guddio'i noethni cyn camu allan at y pentrefwyr ac Arthur – oedd â brân ar ei ysgwydd. Branwen.

'Branwen, gwna ffafr â fi,' meddai. 'Hedfana i'r

pentre i chwilio am Drogen. Mae ei hangen hi i drin clwyfau rhai o 'mleiddiaid i – cyn gynted â phosib.'

Ufuddhaodd Branwen yn syth. Roedd rhai o'i brain hithau wedi eu hanafu'n ddrwg, ond roedd hi'n rhy hwyr i wneud dim i'r rheiny, ac roedd hi eisoes wedi diolch o waelod calon a chydymdeimlo â'r galarwyr.

'Mae un yn ceisio dianc!' gwaeddodd rhywun, a throdd pawb i weld Dieithryn gwaedlyd yn ceisio rhedeg yn isel drwy'r gwair a'r mieri uchel ar lan yr afon. Rhedodd dau flaidd ar ei ôl a'i ddal yn hawdd.

'Peidiwch â'i ladd!' gwaeddodd Bleddyn. 'Rydan ni angen holi'r diawliaid…'

Roedd tri ar ddeg ohonyn nhw'n dal yn fyw, felly, ac wedi clymu eu dwylo y tu ôl i'w cefnau a rhwymo eu fferau fel eu bod ddim ond yn gallu cymryd camau bychain, gwthiwyd nhw yn ôl am y pentre i gael eu holi'n dwll. Rhoddwyd dau oedd wedi brifo gormod i gerdded ar gefn ceffyl.

Cododd Arthur un arall o'u cleddyfau.

'Isie gwybod am rhain ydw i; shwt maen nhw'n eu gwneud nhw mor hir a chryf?'

'Ia, mae'n debyg i haearn, ond eto, nid haearn ydi o,' meddai un o'r pentrefwyr. 'Mae cleddyf haearn neu efydd yn gallu torri'n hawdd, ac yn plygu ar ganol brwydr fel bod angen sefyll ar y bali peth i'w sythu eto. Mae'r rhain yn cadw eu siâp, yn gryfach ac yn fwy miniog.'

'Fe gawn nhw ddangos i ni be ydi'r gyfrinach, peidiwch â phoeni,' meddai Caradog. 'Ac ar fyrder, cyn i fwy ohonyn nhw gyrraedd. Fyddan nhw ddim yn hir yn sylweddoli fod rhywbeth o'i le pan na fydd y criw yma'n dod yn ôl...'

Roedd nifer o ferched y pentre yn rhedeg tuag atyn nhw'n gwenu a chwerthin, mor falch o weld fod eu gwŷr a'u meibion yn dal yn fyw.

'Casglwch bob arf posib oddi ar y meirwon,' meddai Caradog wrthyn nhw pan oedd o'n credu eu bod wedi gwneud hen ddigon o gofleidio a chusanu. 'Mi fydd eu hangen ar gyfer y frwydr nesa.'

Roedd Drogen a Branwen ymysg y merched, ac wedi i Drogen ofyn i Caradog yrru pobol i achub y carcharorion yn uwch i fyny'r afon, brysiodd ar ôl Bleddyn at y bleiddiaid. Camodd y rhai iach yn ôl i wneud lle i Drogen, a phenliniodd hithau o flaen y cynta o'r bleiddiaid clwyfedig. Agorodd sach ledr fechan a thynnu gwahanol ddeiliach ohoni.

'Dw i'm yn addo dim,' meddai, 'ond fe ddylai'r rhain helpu.'

Gwnaeth bast allan ohonyn nhw gyda dŵr o'r afon a'i daenu'n ofalus dros y clwyf dwfn yn ysgwydd y blaidd. Edrychai hwnnw arni gyda llygaid ofnus.

'Paid â bod ofn,' meddai Bleddyn wrtho, gan anwesu ei ben, 'yma i dy helpu di mae hi.'

'Bydd angen gwnïo'r croen yn ôl at ei gilydd,' meddai Drogen, 'fedri di egluro hynny wrtho fo? Ac wrth y llall hefyd.'

'Mae bleiddiaid yn gallu delio efo poen, paid ti â phoeni,' meddai Bleddyn, ond bu'n rhaid iddo gau ei lygaid pan dynnodd Drogen nodwydd hir o asgwrn gwyn allan o'r sach fechan. Aeth Arthur hefyd yn welw a throi i chwilio am fwy o gleddyfau, ond roedd Branwen yn gallu gwylio'r cyfan yn gwbwl ddidrafferth ac yn gallu tynnu'r croen at ei gilydd er mwyn i Drogen wneud y pwythau.

Pan oedd y bleiddiaid wedi eu trin, aeth y pedwar yn ôl i'r pentre lle roedd cawl pysgod hyfryd yn aros amdanyn nhw. Ond trodd Drogen at y gorlan lle roedd y Dieithriaid oedd wedi eu dal.

'Be ti'n neud?' gofynnodd Branwen.

'Mae 'na rai o'r rhain wedi eu clwyfo hefyd,' meddai Drogen yn syml.

'Ond ein gelynion ni ydyn nhw!' protestiodd Branwen. 'Rhain laddodd ein teuluoedd ni!'

'Falle wir, ond dw i'm yn gweld pam y dylen nhw ddiodde fwy na sy raid.'

'Drogen? Bwystfilod ydyn nhw!'

'Neu ddynion sy wedi cael eu gorfodi i ladd gan eu penaethiaid. Dw i'n eitha siŵr y byddai'n well gan y rhan fwya ohonyn nhw fod adre efo'u teuluoedd, yn chwarae efo'u plant.'

Doedd Branwen ddim wedi ystyried hynny, ond roedd hi'n dal i gredu fod Drogen yn wallgo. Arhosodd wrth ei hochor gyda chyllell finiog, rhag ofn y byddai'r Dieithriaid yn meddwl gwneud rhywbeth dwl wrth i Drogen lanhau a thrin eu clwyfau. Sylwodd fod y dynion yn edrych yn hurt ar Drogen a'i gwallt hir, melyn wrth iddi drin eu clwyfau'n dyner, un ar ôl y llall. Fydden nhw byth wedi meddwl trin eu gelynion fel hyn.

Wedi bwyta, gyrrwyd dynion i holi'r carcharorion: ble roedd eu harweinydd bellach, ble roedd y brif fyddin, sut oedden nhw wedi llwyddo i wneud cleddyfau fel hyn.

Gwrthod ateb wnaeth pob un, nes i'r arteithio ddechrau.

Gwingodd Drogen wrth glywed y sgrechfeydd yn dod o'r gorlan. Ond doedd Arthur yn poeni dim – bron nad oedd o'n mwynhau eu clywed mewn poen. Roedd o, fel gweddill y pentrefwyr, wedi cael llond corn gafr o fedd i'w yfed i ddathlu'r fuddugoliaeth, ac yn rhuo chwerthin wrth adrodd hanes y frwydr wrth bawb oedd yn fodlon gwrando.

'Ro'n i mor falch o'r eirth. Anifeiliaid mor urddasol a ffyrnig – a chlyfar!'

'Bron mor glyfar â 'mleiddiaid i,' meddai Bleddyn. 'Ond wnest ti'm troi'n arth dy hun, chwaith, Arthur? O'n i'n meddwl y byddai o wedi digwydd yng ngwres y brwydro.'

'Ie, ro'n i wedi hanner gobeithio hynny,' meddai Arthur, 'ond ddigwyddodd e ddim a 'na fe. Roedden ni'n deall ein gilydd yn iawn ta beth. Fi'n eu deall nhw, nhw'n fy neall i. Oedd e'n... wefreiddiol!' gwaeddodd, gan ddawnsio'n wyllt o gwmpas y tân.

Chwarddodd Caradog, a chodi ar ei draed i ddawnsio gydag o.

Gwyliodd Drogen hyn i gyd yn dawel, gyda'i sach fechan yn ei chôl – fel mam yn dal babi. Roedd y gwres o'r wyau'n cynyddu. Trodd at un o ferched y pentre a holi sut oedd y Pennaeth bellach, ar ôl y digwyddiad efo'r goron a'r fflamau.

'Mae'n gwella'n ara bach,' meddai honno, 'ond mae'r creithiau ar ei ben o'n hyll ofnadwy a dw i'm yn meddwl y gwnaiff ei wallt o byth dyfu 'nôl.'

'Mae'n ddrwg iawn gen i,' meddai Drogen.

'Diolch i ti, ond nid dy fai di oedd o. Y duwiau yrrodd neges ynde, a tasan nhw'm wedi gwneud hynny, mi fyddai dy ffrindie di wedi cael eu lladd a bosib na fydden ni i gyd yma heno.'

Nodiodd Drogen ei phen. Roedd hynny'n wir, ond roedd hi'n dal i deimlo'n euog.

Rhoddodd lond llaw o ddeiliach yn llaw y ddynes.

'Malwch rhain yn fân, eu cynhesu efo dŵr a'u rhoi dros ei ben deirgwaith y dydd. Fe ddylai helpu 'chydig.'

Yna cododd ei phen. Roedd criw o bobol flinedig newydd gyrraedd y pentre – y carcharorion! Pobol o lwyth y Dreigiau! Brysiodd atyn nhw a'u cyfarch. Ond doedd neb roedd hi'n eu nabod yn eu mysg. Suddodd ei chalon. Roedd rhai mewn cyflwr drwg iawn, felly dechreuodd drin clwyfau'r rheiny hefyd, gyda chymorth merched y pentre.

Brysiodd milwr i gael gair efo Caradog.

'Llwyddiant!' gwaeddodd hwnnw. 'Mae un o'r Dieithriaid wedi rhoi cyfrinach y cleddyfau i ni!'

Curodd pawb eu dwylo a bloeddio'n frwd.

'Rhaid cymysgu'r haearn gyda charbon, i wneud rhywbeth sy'n swnio fel... "stôl" neu "stîl" neu rywbeth fel'na. Ewch at y gof ar unwaith i'w roi ar waith, a dw i am i ugain ohonoch chi ei gynorthwyo i wneud cleddyfau. Ywain Bengoch! Unwaith fyddan nhw wedi dysgu'r grefft yn ddigon da, brysia i rannu hyn gyda'r llwythau eraill, i ni gyd fedru wynebu'r Dieithriaid pan ddown nhw eto! Ond dw i ddim am i ni alw'r peth 'ma'n "stîl" chwaith. Unrhyw un â chynnig am air Cymraeg da?'

'Am rywbeth sy'n arbennig o gryf?' meddai Branwen. 'Gadewch i ni feddwl... ym... "Dyfal donc a dyr y garreg..." Be am "donc"?'

Ond chwerthin wnaeth pawb.

'Mi fyddai "dyr" yn well,' meddai Drogen Fach. 'Be am "dur"?'

'Dur... dur...' meddai Caradog yn araf, gan adael i'r gair droi o gwmpas ei dafod. 'Ydw, dw i'n hoffi hwnna. Ac mae'n odli gyda "pur"! Dur amdani!'

'Cariad pur sy fel y dur,' meddai Bleddyn yn dawel, gan giledrych ar Branwen, a gwenu, a gwenu mwy fyth pan welodd ei bod hi'n cochi.

'Gyfeillion,' meddai Caradog, gan gyfeirio at Bleddyn, Branwen, Arthur a Drogen, 'rwy'n ymwybodol eich bod wedi colli eich teuluoedd, ac rydyn ni am ddangos ein diolch, ein parch a'n gwerthfawrogiad drwy eich gwahodd i aros yma gyda ni, i fod yn rhan o'n cymdeithas, ac i'n cynorthwyo pan fydd hi'n bryd wynebu'r gelyn eto. Beth amdani? Wnewch chi aros?'

Edrychodd y pedwar ar ei gilydd. Roedd y syniad yn apelio. Byddai'n braf gallu bod yn rhan o deulu mawr eto, a byw mewn un lle yn hytrach na gorfod teithio o hyd a chwilio am loches bob nos. Ond yna cododd Drogen ar ei thraed.

'Mae'n ddrwg gen i,' meddai, 'er 'mod i'n diolch yn fawr i chi am eich croeso, mae'n rhaid i mi symud yn fy mlaen tua'r gogledd.' Trodd at y tri arall. 'Ond mae croeso i fy ffrindiau aros os ydyn nhw'n dymuno hynny.'

'Beth? A dy adael di ar dy ben dy hunan?' meddai Arthur. 'Dim gobaith! Wy'n dod 'da ti!'

Edrychodd Bleddyn a Branwen ar ei gilydd.

'Dw i am ddod efo ti,' meddai Branwen, 'ond mewn 'chydig ddyddie, ie?'

'Ia, i ni gael gorffwys 'chydig gynta,' cytunodd Bleddyn. ''Dan ni i gyd wedi blino, 'yn do? A dw i'n meddwl fod Arthur wedi cael 'chydig gormod o'r medd 'na i fynd i nunlle!'

Chwarddodd pawb, ac Arthur yn uwch na neb.

'Na, mae'n ddrwg gen i,' meddai Drogen, 'ond os 'dach chi am ddod efo fi, mi fydd yn rhaid i ni gychwyn rŵan, yn syth.'

'Rŵan? Pam? Be 'di'r brys?' gofynnodd Bleddyn.

'Fedrai'm deud,' meddai Drogen. 'Dw i jest yn gwybod bod 'na frys, yn ei deimlo fo. Wel? 'Dach chi'n dod efo fi 'ta be?'

Edrychodd y ddau arni'n fud.

10

Gofynnodd Bleddyn am bum munud i drafod efo Branwen. Nodiodd Drogen, ac fel roedd Arthur a hithau'n casglu eu pethau ar gyfer y daith, aeth y ddau arall at lan yr afon i gael sgwrs mewn tawelwch.

'Be t'isio neud?' gofynnodd Bleddyn.

'Mae 'nghorff i isio aros,' meddai Branwen, 'ond mae 'nghalon i'n deud y dylen ni fynd efo hi.'

'Pam?'

'Dw i'm yn siŵr. Ond mae 'na rywbeth amdani, 'yn does? Mae hi mor benderfynol, fel tase'r duwiau wedi deud wrthi mai dyma mae hi i fod i'w wneud.'

'Y Dorti Ddu 'na, debyca,' meddai Bleddyn. 'Ond dw i'n dallt be sy gen ti. Mae 'nghorff inna'n gweiddi isio gorffwys ar ôl yr holl frwydro a rhedeg, ond mae 'na rywbeth am yr hogan fach 'na sy'n... dwn 'im... yn gneud i mi deimlo mai efo hi rydan ni fod nes – wel, nes y bydd be bynnag fydd yn digwydd yn digwydd.'

'A dw i jest â drysu isio gweld pam mae'r hen wyau draig 'na mor bwysig,' gwenodd Branwen.

'Hen fusnês wyt ti felly!' gwenodd Bleddyn yn ôl.

'Ia, ac nid y fi ydi'r unig un, naci, Bleddyn?'

''Dan ni am fynd efo hi felly?' chwarddodd Bleddyn.

'Edrych felly.'

Gwenodd y ddau ar ei gilydd. Am eiliad, roedd Branwen yn meddwl ei fod o'n mynd i ddal dwylo gyda hi wrth gerdded yn ôl, ond er i'w law o hofran wrth ymyl ei llaw hi am sbel, aros wrth ei ochor wnaeth hi. Brathodd Branwen ei gwefus mewn siom, a sylwodd hi ddim ei fod yntau â golwg siomedig arno. Roedd o mor siŵr ei bod hi'n mynd i gydio'n ei law, ond wnaeth hi ddim. Doedd y gusan honno ddim wedi golygu llawer iddi, felly.

Cerddodd y ddau at Drogen ac Arthur.

'Chi'n dod gyda ni felly?' gwenodd Arthur.

'Methu peidio,' meddai Bleddyn, 'does 'na'm dal be fysa'n digwydd i chi heb i ni edrych ar eich holau chi...'

Cafodd bwniad chwareus yn ei fraich gan Arthur; un chwareus oedd hi i fod, ond roedd hi'n brifo. Doedd y lembo yma ddim yn deall pa mor gryf oedd o. Roedd o eisiau ei bwnio 'nôl, ond wedi dal llygad Branwen, penderfynodd beidio.

'Mae'r pentrefwyr wedi mynnu rhoi llwyth o fwyd i ni,' meddai Drogen, gan estyn dwy sach fechan yr un iddyn nhw.

'Ac mae gyda ni gleddyfau dur yr un, Bleddyn – a bwa a saeth i'r merched,' meddai Arthur.

'O? A dw i'm yn cael cleddyf nac'dw?' meddai Branwen yn bigog.

'So ti'n ddigon cryf i'w ddefnyddio fe, wyt ti?' meddai Arthur.

Wedi sythu a rhythu arno'n flin am rai eiliadau, estynnodd Branwen afal o'i sach a'i roi ar fonyn coeden.

'Gawn ni weld, ia?' meddai, gan estyn ei llaw at Arthur. 'Dyro fenthyg dy gleddyf i mi.'

'Dyro fenthyg dy gleddyf i mi – beth?' meddai Arthur yn goeglyd.

Anadlodd Branwen yn ddwfn.

'Dyro fenthyg dy gleddyf i mi, os gweli di'n dda,' meddai rhwng ei dannedd.

Gwenodd Arthur, ac estyn ei gleddyf iddi.

O fewn dim, roedd Branwen wedi codi'r cleddyf a hollti'r afal yn ddau hanner, o'r dde i'r chwith. Cododd y cleddyf eto a hollti am i lawr nes bod y llafn yn sownd ym monyn y goeden, gyda dau chwarter afal taclus o bobtu iddo.

'Iyffach...' meddai Arthur yn wan.

'Ble ddysgest ti neud hynna?' chwarddodd Bleddyn.

'Mae llwyth y Brain wedi bod yn dwyn cleddyfau'r Bleiddiaid ers blynyddoedd,' gwenodd Branwen, 'ac fel y gwyddost ti'n iawn, rhai haearn, llawer iawn trymach na'r rhai dur yma, ydi'r rheiny. Ac mae bechgyn *a* merched yn cael gwersi! Dydi llwyth y Brain ddim yn gwahaniaethu, ti'n gweld, Arthur...'

'Iawn, mae'n ddrwg 'da fi,' meddai Arthur. 'Ti moyn i fi whilo am gleddyf arall i ti?'

'Nac'dw, dw i hyd yn oed yn well efo bwa a saeth,' atebodd Branwen, gan roi ei gleddyf yn ôl iddo, troi ar ei sawdl a cherdded at ferched y pentre i ffarwelio efo nhw.

'A dw i'n siŵr ei bod hi, hefyd,' gwenodd Bleddyn. 'Ufflon o hogan ydi hi, 'de?'

'Ti'n dweud wrtho i,' meddai Arthur. 'Licen i mo'i chroesi hi, mae hynna'n bendant. Ym, Bleddyn...?'

'Ia...?'

'Fydd y bleiddiaid yn dod gyda ni, ti'n meddwl? Sai wedi gofyn i'r eirth, ond wy'n gallu eu teimlo nhw'n ein gwylio ni o'r coed fan 'co.'

'Dw inna'm wedi gofyn chwaith, ond mae gen i deimlad y byddan nhw'n ein dilyn ni beth bynnag.'

'Wy'n falch. Sai'n gwybod beth sy'n ein disgwyl ni i'r gogledd, ond wy'n credu y bydde'n syniad mynd â byddin gyda ni.'

'Pob lwc i chi, gyfeillion,' meddai Caradog. 'Diolch i chi am bob dim, ac os gallwn ni eich helpu mewn unrhyw ffordd, unrhyw dro, does dim ond rhaid gofyn.'

Cododd y pedwar eu dwylo ar y dorf oedd wedi hel i ffarwelio gyda nhw, yna troi am y gogledd. Roedden nhw wedi penderfynu dringo am y tir uchel yn syth, felly dringodd y pedwar yn araf a gofalus i fyny am gopa Craig Wen. Roedd yn waith caled, ond roedd oes o gerdded a rhedeg i bob man wedi sicrhau fod cyhyrau eu coesau'n gallu ymdopi'n iawn efo'r llethrau serth.

'Fydde hi ddim yn haws i chi'ch dau droi'n frân a blaidd i ddringo lan?' gofynnodd Arthur.

'Byddai, ond meddylia am y peth...' gwenodd Bleddyn, 'pwy fyddai'n gorfod cario'n harfau ni wedyn?'

'O, ie. Ni,' meddai Arthur, yn flin gyda'i hun am agor ei geg cyn meddwl, ac yn flin gyda Bleddyn am swnio fel athro'n siarad gyda phlentyn chwech oed.

'A ph'un bynnag, ryden ni'n mwynhau eich cwmni chi!' meddai Branwen, oedd wedi sylwi fod siâp ceg Arthur wedi troi'n debycach i big hwyaden.

'Mae teithio fel criw yn fwy o hwyl, tydi?' meddai Drogen.

'Sôn am griw,' meddai Bleddyn, 'sbiwch lawr i'r coed ar y dde.'

Bob hyn a hyn, pan fyddai gofod rhwng y coed, roedd symudiadau i'w gweld. Bleiddiaid ac eirth. Roedden nhw'n eu dilyn. Ac y tu ôl iddyn nhw, ac i lawr yn y dyffrynnoedd i'r chwith a'r dde, roedd heidiau o frain yn hedfan yn dawel i'r un cyfeiriad.

Ar gopa Craig Wen, arhosodd y pedwar i yfed ychydig o ddŵr, a gwylio'r haul yn machlud dros y bryniau i'r môr yn y gorllewin.

'Ti'm yn disgwyl i ni gerdded yn y tywyllwch, nagwyt Drogen?' meddai Branwen.

'Nac'dw,' atebodd honno, 'ond dw i'n meddwl y dylen ni ddilyn y ddau eryr acw am sbel.'

Edrychodd y lleill i fyny i weld dau eryr mawr, hardd yn troelli uwch eu pennau, yna'n hedfan i gyfeiriad copa mynydd arall – yr Aran.

'Mi ddywedodd Dorti y bydden nhw'n dangos y ffordd,' gwenodd Drogen, gan gamu yn ei blaen yn hapus.

Roedd creigiau Lliwedd yn y pellter yn dywyll wrth iddyn nhw ddringo dros yr Aran ac i lawr am Fwlch Cwm Llan. Ac yno, uwchben y bwlch, dechreuodd yr eryrod droi yn eu hunfan mewn cylchoedd araf.

'Dw i'n meddwl mai fan hyn rydan ni i fod i aros heno,' meddai Drogen.

'Hen bryd!' meddai Arthur. 'Mae hi'n hurt o dywyll, wy wedi blino ac yn llwgu.'

Wedi gosod eu hunain a'u harfau'n agos at y graig, dechreuodd y pedwar rannu'r cig oer, y caws a'r bara gawson nhw gan y pentrefwyr.

'Jiw, mae hwn yn dda,' meddai Arthur.

'Oes 'na ddigon i minnau hefyd?' meddai llais uwch eu pennau.

Bu bron i Arthur dagu ar ei gig gafr. Neidiodd Bleddyn ar ei draed yn syth, gyda'i gleddyf yn ei law.

'Pwy sy 'na?' gofynnodd yn chwyrn.

'Dim ond y fi, Dorti Ddu,' chwarddodd y llais.

'Dorti?' Neidiodd Drogen ar ei thraed, a sbio, fel y lleill, i fyny i gyfeiriad y llais uwch eu pennau. Ond allai hi weld neb. 'Ble ydach chi, Dorti? Wela i mohonoch chi!'

'Y tu ôl i ti...'

Trodd Drogen mewn braw. Roedd hi'n sefyll fodfeddi y tu ôl iddi!

'Sut wnaethoch chi hynna?'

'Un o fanteision bod yn wrach, Drogen Fach...! A ti'n cadw'n iawn, mi welaf. Falch o'ch cyfarfod chi,' meddai wrth y tri arall, 'a diolch am gadw cwmni iddi. Mae'n bwysig bod ganddi gwmni ar gyfer yr hyn sy o'i blaen hi.'

'A be'n union sy o'i blaen hi, os ga i ofyn?' meddai Branwen.

'Y frwydr fwya a welwyd yn y wlad erioed, a'r un fwya a welir byth.'

'O, dim byd difrifol felly...' meddai Arthur, cyn oedi a chraffu arni. 'So chi o ddifri, y'ch chi?'

'Ydw. Mae'r dasg sy o dy flaen di, Drogen, yn un anferthol, ond mi rwyt ti'n fwy na tebol i'w gwneud hi.'

'Ydw...?' meddai Drogen mewn llais tila.

Bron na allai'r lleill weld y gwaed yn llifo allan o'i chorff hi.

'Be'n union mae hi i fod i'w wneud?' gofynnodd Bleddyn.

'Fe gewch chi weld yn hen ddigon buan,' gwenodd Dorti. 'Ara bach a bob yn dipyn mae... gwir orchfygu unrhyw elyn! Ac mae'r gelyn yma wrthi'n paratoi i'n chwalu ni i gyd unwaith ac am byth. Maen nhw'n hel at ei gilydd rŵan, yn un fyddin enfawr, ac mi fyddan nhw yma o fewn dyddiau... o fewn yr wythnos yn sicr.'

'Wythnos? Ond 'dech chi, fel rhywun sy'n gallu gweld y dyfodol, yn gwybod pwy fydd yn ennill tydech?' meddai Branwen.

'Nac'dw, fy merch i, dw i wedi gweld brwydro erchyll a ffyrnig yn y fflamau, ond mae'n amhosib gweld pwy sy'n ennill. Os fyddai pob dim wedi'i benderfynu ymlaen llaw, fyddai dim diben brwydro, na fyddai? Nid felly mae'r byd yn gweithio.' Llygadodd y darn caws oedd yn dal yn llaw Arthur. 'Ond fel ro'n i'n deud, allwch chi sbario 'chydig o fwyd i minnau? Dw i'n llwgu.'

Estynnodd Arthur y darn cyfan iddi, yn fud. Doedd o erioed wedi gweld hen wraig mor ofnadwy o hyll, mor erchyll o salw, yn ei fyw. Ac roedd hi'n bwyta fel hwch – oedd ddim yn syndod, gan nad oedd ganddi ddannedd gwerth eu galw'n ddannedd, dim ond ambell stwmpyn melyn neu ddu.

'Be sy, 'machgian i? 'Rioed wedi gweld dynes mor hen â fi o'r blaen?' meddai Dorti, a chwerthin gan dasgu briwsion i bob man.

Ysgydwodd Arthur ei ben, yn dal i fethu dod o hyd i'w dafod.

'Ro'n i'n bishyn a hanner ers talwm, 'sti,' gwenodd Dorti. 'Ond mae 'na sbel ers hynny, dw i'n cyfadda. O leia... www... faint sy rŵan dŵad... rhyw saith can mlynedd yn siŵr.'

Chwarddodd eto o weld gên Arthur yn disgyn mewn sioc.

'Do, dw i wedi gweld cryn dipyn! Ond welais i 'rioed Ddieithriaid fel rhain... a welais i 'rioed arfau fel eu harfau nhw, ond mi fyddwch yn falch o glywed fod cyfrinach y stwff "dur" 'ma wedi lledu dros bob man fel tân gwyllt. Mae'r llwythau i gyd yn prysur greu cleddyfau, tariannau, cyllyll – pob dim, yn barod amdanyn nhw.'

'Ond dim ond cwta wythnos sy gynnyn nhw!' meddai Bleddyn. 'Mi fydd angen miloedd ar filoedd o gleddyfau – ac amser i ddysgu sut i'w trin nhw!'

'Mi synnet ti be mae rhywun yn gallu ei gyflawni pan fydd raid,' gwenodd Dorti. 'Wnest ti 'rioed freuddwydio y gallet ti droi'n flaidd dim ond wrth ddefnyddio dy ddychymyg, naddo?'

'Naddo...'

Roedd Drogen wedi bod yn dawel iawn, ond cydiodd ym mraich Dorti rŵan, a gofyn,

'Be rydan ni fod i'w wneud rŵan 'ta, Dorti?'

'Cysgu fan hyn heno, wedyn, efo'r wawr, ewch dros Allt Maenderyn fan acw, ac ar hyd Bwlch Main am gopa'r Wyddfa. Wedyn dilynwch yr eryrod eto.'

'Fyddwch chi'n dod efo ni, Dorti?'

'Na fydda, ond mi fydda i efo ti. Dw i wastad efo ti, Drogen Fach!' Pwysodd ymlaen i sibrwd yn ei chlust. 'Dal d'afael ar yr wyau, be bynnag wnei di – a chadwa nhw'n gynnes.' Sythodd eto a chodi ei llaw. 'Cymer ofal, 'mach i – ac edrychwch chithau ar ei hôl hi. Hi ydi'r arf pwysica sy gynnoch chi.' Trodd a chamu i'r tywyllwch – a diflannu'n llwyr.

'Beth mae hynna'n feddwl?' gofynnodd Arthur gan droi at Drogen. 'Shwt mai ti yw'r arf pwysica sy gyda ni?'

Ysgydwodd Drogen ei phen.

'Sgen i'm clem,' meddai. 'Ond mae gen i ofn...'

Yng ngolau gwan y lleuad, sylwodd Arthur ar y dagrau yn ei llygaid.

'Paid â llefen, bach. Ofala i ar dy ôl di, wy'n addo. Hyd yn oed os taw dyna'r peth olaf wnaf fi, fydda i'n gofalu dy fod ti'n iawn...'

Roedden nhw wedi cyrraedd yr Wyddfa, y copa uchaf yn Eryri, yn fuan wedi iddi wawrio. Ond doedd neb na dim i'w weld drwy'r niwl.

'Be rŵan?' gofynnodd Branwen.

'Aros,' meddai Drogen, ac eistedd ar garreg gan gydio'n dynn yn ei sach. Roedd gwres hyfryd yn dod ohoni.

Eisteddodd Arthur ar garreg arall a dechrau cnoi afal, ac aeth y ddau arall i grwydro.

Rhoddodd Drogen ei llaw i mewn i'r sach a chau ei bysedd am un o'r wyau. Roedd y gwres yn rhyfeddol, bron â bod yn boeth. Cydiodd yn yr ail wy, ac roedd hwnnw'n fendigedig o gynnes hefyd.

Yn sydyn, daeth sgrech drwy'r niwl. Llais Branwen! Cododd Drogen ei phen i weld Branwen yn rhedeg nerth ei thraed tuag atyn nhw.

'Rhedwch!' sgrechiodd Branwen. 'Rhedwch!'

Cododd Arthur a dechrau rhedeg yn syth, ond aros yn ei hunfan wnaeth Drogen. Allai hi ddim egluro pam.

'Tyrd, Drogen!' gwaeddodd Bleddyn.

'Pam? Be mae hi wedi'i weld?'

'Dw i'm yn gwybod, ond fysa Branwen ddim yn sgrechian fel'na am ddim rheswm! Tyrd!' meddai eto, gan geisio cydio yn ei braich i'w llusgo.

'Na,' meddai Drogen, cyn codi ar ei thraed yn araf i wynebu'r cyfeiriad roedd Branwen wedi dod ohono. Roedd hi'n gallu ei deimlo cyn ei weld. Rhywbeth mawr, pwerus yn hedfan tuag ati. Gallai glywed yr adenydd yn torri drwy'r awyr, gallai deimlo gwres ei anadl.

'Dere, Drogen!' gwaeddodd llais Arthur drwy'r niwl. 'Brysia! Rheda!'

Bu bron i lygaid Drogen syrthio allan o'i phen. O'i

blaen roedd draig. Draig go iawn! Draig fawr, goch, yn gyhyrau sgleiniog i gyd, draig anferthol, maint pum carw o leia, ei llygaid duon yn fflachio'n flin arni, a stêm yn saethu allan o'i ffroenau.

'Mor hardd...' meddyliodd Drogen.

Agorodd ei cheg i siarad gyda hi, ond roedd Arthur wedi neidio allan o'r niwl y tu ôl iddi, yn chwifio'i gleddyf ac yn sgrechian ar y ddraig i gadw draw.

'Arthur, paid,' meddai Drogen, ond roedd o'n gweiddi gormod i'w chlywed. Roedd o'n ceisio taro'r ddraig gyda'i gleddyf, a'r ddraig yn gwylltio. Gallai Drogen ei theimlo hi'n gwylltio, teimlo'i gwaed hi'n berwi.

'Paid, Arthur!'

11

Camodd Drogen yn ei blaen a rhoi ei braich allan i wthio Arthur y tu ôl iddi. Ond yr eiliad honno, roedd y ddraig wedi tynnu ei gwddf hir, urddasol yn ôl i anelu fflamau o dân allan o'i cheg. Anelu am Arthur oedd hi, y snichyn peth blewog oedd yn ceisio'i thrywanu gyda'r teclyn pigog yna, ond fel roedd y fflamau'n ffrwydro allan o'i cheg, camodd Drogen allan o'i flaen.

Sgrechiodd Branwen a Bleddyn wrth weld y fflamau'n lapio eu hunain am gorff Drogen, nes bod y ferch fach druan yn ddim byd ond pelen o dân. Roedd ei sgrechiadau'n erchyll ac arogl ei gwallt a'i chnawd yn llosgi yn codi cyfog. Roedd Arthur, hefyd, yn bloeddio gan ei fod yntau wedi derbyn peth o'r ergyd ac yn brysur yn rhwygo'i fantell oddi amdano ac yn ceisio diffodd y fflamau yn ei wallt hir, trwchus.

Rhuodd y ddraig yn uchel, cyn codi ei hadenydd a'u curo'n gryf ac araf fel bod ei chorff cyfan yn codi'n uchel i'r awyr. Edrychodd i lawr arnyn nhw, gan ysgwyd ei gwddf yn ôl ac ymlaen cyn rhuo eto a diflannu 'nôl i'r niwl.

Brysiodd Bleddyn a Branwen heibio Arthur at Drogen a cheisio diffodd y fflamau. A hithau wedi bod yn baglu'n ddall yn y belen fawr o dân, roedd hi bellach wedi disgyn ac wedi cyrlio'n belen fechan ar y llawr. Erbyn i'r fflamau ddarfod, roedd ei dillad yn garpiau, ei chroen yn ddu a'i gwallt melyn wedi llosgi'n ddim.

'Drogen!' udodd Arthur, a disgyn ar ei liniau o'i blaen hi.

'Ydi hi'n fyw?' gofynnodd Bleddyn.

'Sai'n siŵr,' wylodd Arthur. 'Mae 'da fi ofn cyffwrdd ynddi. Mae ei chroen hi'n ddu…!'

'Gad i mi weld os ydi hi'n anadlu,' meddai Branwen gan blygu drosti.

'Na. Dyw hi ddim!' wylodd Arthur. 'Dyw hi ddim yn anadlu! Mae hi wedi marw! Marw! Mae'r ddraig 'na wedi ei lladd hi! A fy mai i yw e! Oedd hi'n ceisio gofalu amdana i – a fi oedd wedi addo gofalu amdani hi!'

'Shsh,' sibrydodd Branwen, gan roi ei llaw ar ei ysgwydd, 'nid dy fai di oedd o, siŵr.'

Yna cododd a throi at Bleddyn a theimlo'i hun yn rhoi ei llaw yn ei law yntau. Safodd y ddau'n sbio i lawr ar y corff bach du a'r mwg yn dal i chwyrlïo oddi arno, a chefn Arthur yn ysgwyd wrth iddo grio'n uchel drosti.

'Roedden ni i gyd i fod i edrych ar ei hôl hi,' meddai Bleddyn, 'ac mi fethon ni. Welodd Dorti Ddu mo hyn yn y fflamau naddo?' ychwanegodd yn chwerw.

Arhosodd y tri fel roedden nhw am hir, â dim syniad beth i'w wneud nesa.

'Dyna pam mae'r dreigiau wedi cael eu lladd i gyd!' rhuodd Arthur wrth godi ar ei draed. 'Maen nhw'n rhy beryglus!'

'Arthur… meddylia dros be ti newydd ei ddeud,' meddai Bleddyn. 'Yn amlwg, chawson nhw mo'u lladd i gyd, naddo!' Allai o ddim peidio â chwerthin wrth ddweud y geiriau.

Trodd Arthur ar ei sawdl.

'Chwerthin? Ti'n chwerthin? Ti'n gweld hyn yn ddoniol, wyt ti?'

'Nac'dw, ond mae be ddeudist ti –'

'Sai erioed 'di lico ti,' meddai Arthur yn araf, 'a nawr, wy'n dy gasáu di!' gwaeddodd, gan gydio'n ffyrnig yng ngwddf Bleddyn.

Syrthiodd Bleddyn ar ei gefn, gan fynd ag Arthur gydag o, ond ollyngodd Arthur mo'i afael am eiliad. Gosododd ei bengliniau bob ochor i gorff Bleddyn a gwasgu gyda'i holl nerth, nes bod Bleddyn yn brwydro am ei anadl ac yn crafangu am wyneb a llygaid Arthur.

'Arthur! Naaaa!' sgrechiodd Branwen, gan daflu ei hun ato a cheisio'i dynnu oddi ar Bleddyn.

Ond roedd o'n rhy gryf. Neidiodd Branwen ar ei gefn a cheisio stwffio'i bysedd i mewn i'w lygaid. Gwaeddodd Arthur mewn poen, a gollwng ei afael ddigon i Bleddyn allu anelu dwrn at ei ên. Yna roedd y tri'n rholio yn y cerrig, yn dyrnu, tynnu, gweiddi a bloeddio. Cafodd Branwen ei thaflu i'r ochor, gan daro'i phen yn galed yn erbyn carreg fawr. Ysgydwodd ei phen, yn gweld sêr. Yna agorodd ei cheg mewn sioc.

'Bleddyn... Arthur... rhowch y gorau iddi...' sibrydodd. Ond roedd y ddau'n dal i hanner lladd ei gilydd ac yn clywed dim heblaw dyrnau ac ebychiadau ei gilydd.

'Stopiwch!' gwaeddodd Branwen. 'Sbiwch!'

Trodd y ddau eu pennau gwaedlyd, poenus, a disgyn yn ôl mewn sioc. Roedd Drogen wedi codi ar ei heistedd, a llwch du'r tân wedi disgyn oddi arni i ddangos croen oedd yn berffaith wyn, heb farc arno. Roedd ambell ddarn o wallt melyn ar ei chorun o hyd, ac roedd hi'n gwenu.

'Drogen...?' sibrydodd Arthur. 'Ti'n iawn?'

Cododd Drogen ei dwylo tuag ato i ddangos rhywbeth. Un o'r wyau. Roedd y plisgyn wedi torri, ac oddi mewn roedd creadur bach glas yn troi ei wddf hir i edrych o'i gwmpas yn fusneslyd. Edrychodd y creadur i fyny ar Drogen a dechrau canu grwndi.

'Dw i'm yn credu be dw i'n weld...' meddai Branwen. 'Draig?'

Gwenodd Drogen arni, a dyna pryd y gwelodd y tri fod creadur bach arall, melyn wedi cropian i fyny cefn Drogen ac yn canu grwndi ar ei hysgwydd.

'Croeso i'r byd, fy ffrindiau bach i,' meddai Drogen.

Hanner awr yn ddiweddarach, a'r niwl wedi diflannu, roedd y pedwar wedi dringo i lawr i Lyn Glaslyn, a Drogen wedi bod yn molchi'r llwch oddi arni yn y dŵr glân, hyfryd. Roedd Arthur wedi rhoi darn o'i groen arth iddi a Branwen wedi bod yn cribo a thacluso'r ychydig wallt oedd ganddi gyda chyllell.

'Mi dyfith yn ei ôl,' meddai Branwen. 'Ti'n dal yn ddel, ond yn edrych hyd yn oed yn iau! Sbia ar dy hun yn y dŵr.'

Trodd Drogen i edrych ar ei hadlewyrchiad, a chwerthin.

'Mae'n od, ond dw i'n teimlo'n gryfach rŵan, rywsut,' meddai Drogen, 'fel taswn i wedi cael fy aileni. Edrych ar fy nghroen i – mae o fel croen babi.'

Trodd i edrych ar Arthur a Bleddyn, oedd fel petaen nhw wedi anghofio popeth am y frwydr a fu rhyngddyn nhw, ac yn chwarae gyda'r ddwy ddraig fach ifanc ar lan y llyn.

'Sut maen nhw?' gofynnodd.

'Bywiog,' meddai Bleddyn.

'Ac mae ganddyn nhw ddannedd miniog!' gwichiodd Arthur, wrth i'r ddraig fach felen suddo'i dannedd i mewn i'w fawd. 'Wy'n credu eu bod nhw moyn bwyd!'

'Be mae babis dreigiau'n ei fwyta?' gofynnodd Branwen.

'Dim syniad,' meddai Drogen. 'Llaeth o bosib? Weli di afr neu fuwch o gwmpas y lle yn rhywle?'

'Cymer di hwn yn ôl,' meddai Bleddyn, gan roi'r ddraig las yn ôl i Drogen, 'a' i i nôl gafr rŵan.'

Funudau'n ddiweddarach, roedd blaidd i'w weld yn carlamu tuag at Lyn Llydaw. Ac ymhen deg munud, a'r tri'n chwerthin wrth wylio'r dreigiau bach yn chwarae mig yn y coed llus, roedd Bleddyn yn cerdded tuag atyn nhw gyda gafr yn brefu'n flin dros ei ysgwyddau.

'Pwy sy am ei godro hi?' gofynnodd. Roedd Branwen wedi dechrau godro'r llaeth pan roddodd yr afr fref uchel o boen.

'Beth wnest ti iddi?' gofynnodd Arthur.

'Dim byd!' meddai Branwen.

A dyna pryd y sylwodd y pedwar fod y ddwy ddraig fach wedi rhoi'r gorau i chwarae ac wedi plannu eu dannedd i mewn i wddf yr afr ac yn prysur sugno'i gwaed... Edrychodd pawb ar ei gilydd mewn braw.

'Hmm... Bydd angen bod yn ofalus gyda'r rhain wy'n credu,' meddai Arthur.

'Unrhyw syniad pa mor gyflym maen nhw'n tyfu a phryd fyddan nhw'n symud ymlaen at gig?' gofynnodd Bleddyn.

Ysgydwodd Drogen ei phen.

'Wy'n gwybod,' meddai Arthur. 'Yn syth – edrychwch.'

Roedd y ddwy ddraig fach wedi lladd yr afr druan ac yn prysur rwygo darnau o gnawd cynnes oddi arni. Brathodd Drogen ei gwefus isaf a syllu arnyn nhw'n bryderus.

'A sgen ti'm syniad sut i'w dysgu nhw i beidio ymosod ar dy ffrindiau chwaith, nag oes?' meddai Branwen.

'Beth am eu gadael nhw yma a mynd yn ôl at y pentrefwyr neis, clên 'na?' meddai Bleddyn. 'Dim ond edrych ar ôl yr wyau oeddet ti fod i neud, ynde? Wel dyna ni, maen nhw wedi deor rŵan, ti wedi cyflawni dy ddyletswydd.'

Cododd y dreigiau eu pennau ar hyn a syllu ar Drogen gyda llygaid mawr, meddal, a gwneud sŵn canu grwndi fel cathod bychain eto.

'O, na... Maen nhw'n meddwl mai ti ydi eu mam nhw rŵan...' ochneidiodd Branwen.

'A fi ydi eu mam nhw a dw i'm yn eu gadael nhw!' meddai Drogen yn chwyrn. 'Gewch chi fynd os 'dach chi isio, ond dw i'n aros fan hyn efo'r rhain. A dw i am roi enwau iddyn nhw hefyd. Mêl ydi'r un felen – tyrd yma, Mêl! Tyrd at Mam!'

Gollyngodd y ddraig felen y darn cig oedd yn ei cheg a neidio'n flêr tuag ati.

'Dyna ni, ylwch! Maen nhw'n fy nallt i ac yn gwrando arna i! Da iawn ti, Mêl. Rŵan, Glesni, tyrd dithau yma – tyrd, Glesni!'

Edrychodd y ddraig fach las arni am eiliad, cyn troi 'nôl at gorff yr afr a rhwygo darn arall oddi arno. Rhoddodd Drogen gynnig arall ar alw arni, ac un arall, ond roedd y ddraig yn ei hanwybyddu'n llwyr.

'Falle nag yw hi'n hoffi'r enw Glesni,' gwenodd Arthur.

'A sut ti'n gwybod mai merch ydi hi?' gofynnodd Bleddyn. 'Mae 'na olwg wrywaidd ar hwn os ti'n gofyn i mi. Hei – Glaslyn! Ydi'n well gen ti'r enw yna?'

Cododd y ddraig ei phen a chanu grwndi. Chwarddodd pawb.

'Iawn, Mêl a Glaslyn amdani felly,' gwenodd Drogen, 'a dw i'n siŵr y down nhw i wrando ar bob gair mae Mami'n ddeud!'

'Ym… Gobeithio bod Mami a Dadi'n deall ei gilydd…' meddai Arthur yn dawel.

'Y? Be ti'n fwydro? Does 'na'm "Dadi"!' wfftiodd Branwen.

'O, oes ma 'na,' meddai Bleddyn mewn llais rhyfedd.

Trodd Branwen a Drogen i edrych i'r un cyfeiriad â'r ddau fachgen – a rhewi. Roedd y ddraig fawr goch yn sefyll hanner canllath i ffwrdd, a stêm yn llifo allan o'i ffroenau.

Cydiodd Arthur a Bleddyn yn eu cleddyfau, ond rhoddodd Drogen ei braich allan fel arwydd iddyn nhw bwyllo. Cododd y ddwy ddraig fach yn ei breichiau a chamu tuag at y ddraig fawr.

'Drogen… Be ti'n neud?!' hisiodd Arthur.

Ond dal i gamu yn ei blaen yn araf wnaeth Drogen, gan ryw fath o ganu grwndi. Trodd y ddraig fawr ei phen i'r ochor i'w hastudio'n fanwl – a'r pethau bychain oedd yn troi eu pennau hwythau i'r ochor yr un fath yn union.

'Dydi hi'm yn gall…' sibrydodd Bleddyn.

'Dwn 'im…' sibrydodd Branwen yn ôl. 'Sbia ar y ddraig 'na… Mae hi a Drogen yn deall ei gilydd!'

Roedd y ffroenau wedi peidio â chwythu stêm, ac roedd y ddraig yn amlwg yn gwrando ar beth bynnag roedd Drogen yn ei ddweud wrthi.

'Sai'n credu hyn,' meddai Arthur. 'Mae'r anghenfil mawr yna'n canu grwndi!'

Ond yn sydyn, cododd y ddraig ei phen yn uchel ac agor ei cheg yn llydan.

'Naaa!' sgrechiodd y tri.

Roedden nhw wedi disgwyl gweld fflamau'n tasgu allan o geg y ddraig fawr goch ac yn llosgi Drogen yn ulw unwaith eto. Ond na, wedi codi ei phen i ganu oedd y ddraig, rhyw sŵn rhyfedd oedd yn codi gwallt y pen, nodau hirion, uchel oedd yn atsain oddi ar y creigiau. Ond yna, pwyntiodd Bleddyn at gysgod mawr yn dod dros glogwyn Lliwedd i'r de ohonyn nhw. Draig arall, anferthol, gwyrdd llachar. Trodd Arthur yn sydyn. Roedd un arall yn ateb y gân ymhell uwch eu pennau, ar Grib Goch. Un las, yr un lliw'n union â chanol y llyn yn yr heulwen. Cododd honno'i hadenydd a dechrau hedfan i lawr tuag atyn nhw.

Wyddai'r tri ddim ble i edrych. Ar yr un werdd oedd yn dod tuag atyn nhw ar wib dros y llyn, neu ar yr un las oedd yn plymio fel carreg i lawr o'r creigiau uwch eu pennau – neu ar yr un goch a Drogen. Roedd y tri eisiau rhedeg am eu bywydau, ond roedd eu cyrff fel petaen nhw wedi rhewi.

'Bleddyn! Gwylia dy hunan!' bloeddiodd Arthur, wrth weld crafangau'r ddraig las yn anelu am ei ben.

Taflodd Bleddyn ei hun ar y gwair a sgrechiodd Branwen.

12

'Peidiwch â phoeni,' galwodd Drogen, 'wnân nhw ddim byd i chi.'

Ac o fewn dim, roedd y ddwy ddraig wedi glanio wrth ei hymyl ar lannau Llyn Llydaw ac wedi dechrau ei harogli fel cŵn dof, a chanu grwndi.

'Pwy ddywedodd fod y dreigiau wedi diflannu?' meddai Arthur, unwaith iddo ddod o hyd i'w lais eto. Roedd ei galon wedi bod yn curo mor gyflym, roedd ei ben wedi mynd yn ysgafn bellach, a bu'n rhaid iddo eistedd.

'Dim ond cuddio oedden nhw mae'n rhaid,' meddai Branwen. 'Edrych, mae Drogen yn siarad efo nhw – ac maen nhw'n gwrando arni!'

Syllodd y tri'n hurt ar y ferch fach oedd bron yn foel yn siarad yn annwyl a chlên gyda thair draig a fyddai wedi gallu ei llyncu mewn chwinciad. A phan osododd yr un goch ei gwddf ar y gwair, a Drogen yn dringo i fyny nes ei bod yn eistedd ar ei chefn, bloeddiodd y tri fel un.

'Drogen! Be ti'n neud?'

Ond dim ond gwenu a chodi ei llaw arnyn nhw wnaeth Drogen, a chwerthin wrth i'r ddraig godi i'r awyr. I fyny ac i fyny, cododd y ddraig anferthol uwchben y llyn a hedfan mewn cylchoedd, i fyny at Lliwedd ac ar hyd y grib at gopa'r Wyddfa, ac yn ôl i lawr eto, nes bod llais Drogen yn chwerthin i'w glywed yn tincial o graig i graig.

'Roedd hynna'n wefreiddiol!' meddai ar ôl glanio a rhedeg yn ôl at y lleill. 'Y teimlad mwya anhygoel yn y byd! Ydach chi am roi cynnig arni? Maen nhw'n deud bod croeso i chi neud!'

'Ym... Diolch, ond dw i'm yn meddwl,' meddai Bleddyn. 'Ti ydi'r un sy'n perthyn i'r dreigiau, nid y ni.'

'Ie, wy'n deall yr eirth, ac mae hynny'n ddigon da i fi,' meddai Arthur.

'A dw i'n gwybod pa mor wefreiddiol ydi hedfan fel mae hi,' gwenodd Branwen.

'Wyt siŵr,' meddai Drogen, 'ond dw i am eich cyflwyno o leia. Dyma Lliwedd,' meddai gan wenu ar y ddraig goch. 'Roedd hi'n gaeth ers canrifoedd yn Ninas Emrys, nes i mi gynnau tân wrth y graig lwyd yna – ti'n cofio, Arthur? Cyn i ni frysio i ffwrdd i achub rhain rhag cael eu hoffrymu? Y tân agorodd y clo ar y porth!'

'Ond ro'n i'n credu fod draig wen wedi ei chloi yno hefyd?' meddai Branwen.

'Oedd, ond mae Lliwedd wedi bod yn cnoi ar esgyrn honno ers blynyddoedd. Mi ddaeth hi'n syth i fan hyn i chwilio am ei chwiorydd – a dyma nhw, Tryfan ydi'r un las a Glyder ydi'r un werdd. A dyna chi'n gwybod sut cafodd y mynyddoedd hynny eu henwau!'

'Wel... neis iawn eich cyfarfod chi,' meddai Arthur. 'Ddrwg 'da fi am gynne fach,' meddai wedyn wrth Lliwedd.

'Chwiorydd?' meddai Bleddyn. 'Merched ydyn nhw i gyd?'

'Ia, mi gafodd y gwryw olaf ei ladd ganrifoedd yn ôl, felly maen nhw'n falch tu hwnt 'mod i wedi dod â Mêl a Glaslyn atyn nhw – dau fachgen!'

'Wel, wel!' chwarddodd Arthur, gan wenu ar y ddwy ddraig fach oedd yn neidio i fyny ac i lawr, wedi cynhyrfu'n rhacs. 'Mae'r rhain yn mynd i gael hwyl pan dyfan nhw lan, ond y'n nhw?'

'Ac ydyn nhw'n fodlon ein helpu ni yn erbyn y Dieithriaid?' gofynnodd Bleddyn.

'Ydyn siŵr, maen nhw'n aros am yr alwad ers talwm,' gwenodd Drogen.

'Dyna ddeudodd y bleiddiaid hefyd,' meddai Bleddyn, a sythu'n sydyn. 'Ym... Dydyn nhw'm yn bwyta bleiddiaid, nac'dyn?'

'Mi wna i ofyn iddyn nhw beidio,' gwenodd Drogen, 'na brain nac eirth.'

'Gwell gofyn ar frys wy'n credu,' meddai Arthur, gan amneidio at ochor arall y llyn, lle roedd cysgodion tywyll i'w gweld yn symud yn ôl ac ymlaen yn ofalus y tu ôl i'r creigiau. 'Maen nhw wedi bod yn cwato tan nawr!'

Bum niwrnod yn ddiweddarach, daeth brân gyda'r newyddion bod byddin enfawr o'r Dieithriaid yn dod o'r dwyrain, a llongau'n dod o'r môr yn y gorllewin a'r gogledd.

Ddeuddydd wedi hynny, roedd y rhan fwya o'r llongau wedi suddo, a llwch eu hwyliau a'u rhwyfwyr yn rhan o'r tywod dan y tonnau. Doedd eu harfau'n dda i ddim yn erbyn y dreigiau.

Ac yn awr, roedd y frwydr fawr ar ddigwydd. Roedd miloedd ar filoedd o Ddieithriaid ar fin cyrraedd Dyffryn Mymbyr, i'r dwyrain o'r Wyddfa. Ac roedd miloedd o'r Cymry gyda'u harfau newydd, sgleiniog, yn ogystal â'u hen bastynau, rhawiau – pob arf dan haul – yn cuddio yn y bryniau o'u cwmpas, ar hyd y Glyderau, ar Garnedd y Cribau, ac yn heidio i fyny'r bwlch o Lyn Peris, gyda'u hen gyfaill Caradog a'r pentrefwyr yn eu mysg. Roedd miloedd eto'n heidio i lawr Nant Ffrancon, lluoedd o Ynys Môn a Phen Llŷn, rhai ar geffylau, rhai ar droed, i gyd wedi dod i amddiffyn eu pobol, eu tiroedd a'u ffordd o fyw. Roedd rhai o lwythau'r Baeddod a'r Ceirw o bellteroedd y de wedi cyrraedd hefyd, ac yn y coed a'r creigiau roedd miloedd o fleiddiaid, eirth a brain yn aros am yr alwad.

Roedd Drogen yn eistedd ar gefn Lliwedd, ei draig fawr goch, ar gopa Glyder Fawr. Gallai weld y ddwy ddraig arall, Tryfan a Glyder, ar y creigiau yr ochor arall i'r dyffryn. Roedd Branwen, Arthur a Bleddyn gyda'u hanifeiliaid a'u hadar hwythau yn y coed ar hyd Nant Gwydr. Roedden nhw'n barod.

Yn sydyn, daeth haid o frain ar hyd y dyffryn o'r

dwyrain, yn crawcian yn wyllt. Roedd y Dieithriaid yn llifo drwy'r dyffryn! Atseiniodd utgorn drwy'r cwm: yr arwydd i'r Cymry ymosod. Gollyngwyd storm o saethau'n gynta, saethau hirion drodd yr awyr uwchben y Dieithriaid yn ddu. Yna, gan sgrechian a bloeddio a rhuo, llifodd y Cymry i lawr y llethrau, carlamodd ceffylau, eirth a bleiddiaid i rwygo, brathu a dad-berfeddu, plymiodd miloedd o frain o'r coed ac eryrod a gweilch a hebogiaid o'r cymylau i bigo, pigo a phigo gan sgrechian a chrawcian mewn cynddaredd.

Plannodd Bleddyn ei gleddyf yn stumog un milwr, cyn troi'n sydyn i chwipio cleddyf arall oedd yn anelu am ei galon yntau. Sgrechiodd Branwen fel dynes wyllt wrth chwalu penwisg milwr ddwywaith ei maint. Roedd hanner dwsin o frain ar ei ben yn syth. Yna trodd Branwen i ymosod ar filwr arall oedd yn sgrechian mewn ofn o weld beth oedd yn digwydd i'w gyfaill.

Roedd Arthur yn waldio, chwipio a thrywanu, yn teimlo'r gwaed a'r adrenalin yn llifo'n wyllt drwy ei wythiennau, ond yn sydyn teimlodd boen yn ei gefn. Roedd rhyw sinach wedi ymosod arno o'r cefn! Trodd yn wyllt i wynebu'r ymosodwr, a chamu 'nôl o weld fod hwn hyd yn oed yn fwy nag ef ei hun. Roedd y dyn yn anghenfil! Chwipiodd ei gleddyf at ei ben, ond teimlodd ei ysgwydd yn sgrechian wrth i darian y Dieithryn ei rwystro'n ffyrnig. Myn coblyn, roedd y dyn yma'n gryf. Roedd ganddo frwydr o'i flaen. Ond doedd yr anghenfil yma ddim yn mynd i'w ladd o,

Arthur o lwyth yr Eirth! Rhuodd yn wyllt, gan deimlo'r gwaed yn rasio i'w ben. Roedd o'n flin, yn flin iawn! Doedd y dihirod yma ddim yn mynd i gael lladd yr un aelod arall o'i deulu! Pwy oedden nhw'n feddwl oedden nhw? Y snichod, y jiawled, baw isa'r domen! Ac yn sydyn, roedd o'n fwy na'r Dieithryn, yn edrych i lawr arno, ac roedd llygaid yr anghenfil fel soseri, ac ofn pur yn saethu allan ohonyn nhw. Beth oedd wedi digwydd? Doedd ei gleddyf ddim yn ei law bellach, roedd o wedi ei golli! Edrychodd yn hurt ar ei law wag, a sylweddoli nad ei law arferol ei hun mohoni – ond braich flewog, frown, yn grafangau milain lle bu ewinedd. Roedd o wedi troi'n arth! Rhuodd eto a thaflu ei hun at y Dieithryn. Roedd hwnnw'n gelain o fewn eiliadau. Cododd Arthur ei ben a rhuo eto cyn neidio ar elyn arall – ac un arall.

Hedfanodd Lliwedd dros y frwydr, a daliodd Drogen yn dynn. Gallai weld eu cysgod yn symud yn gyflym dros gyrff oedd yn ymladd a rhedeg.

'Rŵan!' sibrydodd, a saethodd Lliwedd fflamau i lawr dros griw o Ddieithriaid. Doedd ganddyn nhw ddim gobaith. Roedd Tryfan a Glyder yn gwneud yr un peth yn is i lawr y dyffryn, gan ofalu peidio â niweidio'r Cymry.

Bu'r brwydro'n hir a chreulon. Lladdwyd cannoedd o Gymry, o fleiddiaid, brain ac eirth, ond lladdwyd miloedd o Ddieithriaid. Roedd y Cymry wedi eu curo.

Hedfanodd Drogen a Lliwedd dros y dyffryn yn chwilio am eu ffrindiau. Cododd Bleddyn ei law arnyn nhw – roedd o'n fyw ac yn iach felly, diolch byth. Cododd Drogen ei llaw yn ôl arno. Yna sylwodd fod brân yn hedfan gyda nhw.

'Branwen?'

Crawciodd y frân yn ôl arni. Hi oedd hi. Chwarddodd Drogen.

'Welai di wedyn!' galwodd. 'Unrhyw syniad ble mae Arthur?'

Plymiodd Branwen am i lawr a saethodd Lliwedd ar ei hôl. Glaniodd wrth ymyl criw mawr o eirth oedd yn llyfu eu clwyfau. Dringodd Drogen oddi ar gefn Lliwedd a brysio tuag atyn nhw.

'Arthur? Ydi Arthur yma?'

Roedd o'n gorwedd ar ei gefn, yn welw ac yn gwaedu.

'Drogen...' sibrydodd. 'Shwmai? Hei... dyna beth oedd brwydr on'd yfe?'

'Arthur! Be ddigwyddodd?'

'Droies i'n arth! Pan o'n i'n meddwl ei bod hi ar ben arna i, droies i'n arth! Oedd e'n anhygoel! Yn wefreiddiol... ond wy wedi cael rhyw anaf bach mae arna i ofn...'

Brysiodd Drogen i weld pa mor ddrwg oedd yr anaf a beth allai hi ei wneud. Roedd cleddyf wedi mynd drwy ei ysgwydd ac roedd o wedi colli llawer iawn o waed.

'Ydw i'n mynd i farw, Drogen?' gofynnodd Arthur gan geisio gwenu.

Cododd Drogen ei hysgwyddau.

'Ti'n siŵr o farw rhywbryd, Arthur.'

'Wy'n gwybod hynny! Ydw i'n mynd i farw nawr, dyna'r peth.'

'Dibynnu pa mor gryf wyt ti, tydi?' atebodd Drogen gyda gwên. 'Rŵan, cau dy geg a gad i mi ganolbwyntio.'

Glanhaodd y clwyf a thaenu eli o lafant a mêl drosto cyn ei rwymo'n dynn.

'Wyt ti'n gallu sefyll?' gofynnodd wrtho.

'Yma? Ydw, sai'n bwriadu mynd i unman,' meddai Arthur yn llesg.

Edrychodd Drogen yn hurt arno am eiliad.

'Naci, sefyll ar dy draed dw i'n feddwl!'

'O. Ie, anghofies i bod 'da chi eirie dwl am bethe lan yn y gogledd 'ma... Iawn, helpa fi i godi 'te.'

Ond brysiodd dwy arth i'w helpu yn lle.

'Diolch, bois. Chi'n werth y byd,' meddai Arthur wrth godi ar ei draed yn sigledig.

Brysiodd Caradog atyn nhw i ddiolch o waelod calon am bopeth.

'Mi fydd y beirdd yn canu awdlau amdanoch chi, a bydd Cymru gyfan yn cofio am yr hyn wnaethoch chi heddiw,' meddai.

'Gawn ni weld,' meddai Drogen. 'Roedd fy nhad wastad yn deud bod gan y Cymry gof fel rhidyll. Edrychwch pa mor hawdd oedd hi i anghofio am y daioni y gall dreigiau ei wneud, a'u lladd am eu bod yn bwyta ambell ddafad neu fuwch.'

'Ia, mae hynny,' meddai Caradog, 'ond mi gaiff y

dreigiau fuwch yr un heno, i ti! Maen nhw'n haeddu gwledd.'

'Soniodd rywun rywbeth am fwyd?' meddai Arthur.

'Dw i'n meddwl y gwnei di fyw...' chwarddodd Drogen.

Y noson honno, bu pawb yn gwledda a chanu ac yfed medd drwy'r nos, ac roedd y beirdd yn dal i ganu eu hawdlau i gyfeiliant telyn pan dorrodd y wawr.

Eisteddai'r pedwar ffrind ar lan Llyn Pen-y-Gwryd, gyda'r dreigiau bychain yn rhochian cysgu ar lin Drogen.

'Be rŵan, ta?' gofynnodd Bleddyn.

'Wel, mae'n rhaid i fi fynd i chwilio am fy nheulu,' meddai Arthur. 'Mae gen i deimlad ym mêr fy esgyrn bod fy mam a fy chwiorydd yn fyw o hyd, yn rhywle. Efallai y byddan nhw wedi mynd yn ôl i'r hen bentre, pwy a ŵyr, ond wy am fynd i chwilio beth bynnag. Mae'n rhaid i fi. Wnes i addo i 'nhad y byddwn i'n gofalu fod fy mam yn iawn.'

'Be amdanat ti a'r dreigiau, Drogen?' gofynnodd Branwen.

'Mae'r rhai mawr wedi mynd yn ôl i'r mynyddoedd barod,' meddai, 'ond mae'r ddau fach yma yn aros i. Roedd 'na rai o fy mhentre i'n ymladd efo ni a dw nd adre efo nhw, i ni gyd gael ailddysgu sut i drin a gofalu am ddreigiau. Dw i'n eitha siŵr y bydd Dorti Ddu yno'n disgwyl amdanon ni hefyd!'

'A beth y'ch chi'ch dau'n mynd i wneud?' gofynnodd Arthur.

Edrychodd Branwen a Bleddyn ar ei gilydd.

'Ym... dw i'm yn siŵr...' meddai Branwen yn chwithig.

'Dydan ni'm wedi penderfynu eto,' eglurodd Bleddyn.

'Beth? Ar ddyddiad y briodas?' gwenodd Arthur.

'Be?' meddai'r ddau fel un.

'O dewch 'mla'n... Mae hi'n amlwg i bawb arall, os nad i chi, eich bod chi i fod gyda'ch gilydd!' chwarddodd Arthur.

'Mi fysa'n bechod tasech chi'n gwahanu,' cytunodd Drogen. 'Ac mae'n hen bryd i'n llwythau ni anghofio am eu gwahaniaethau, a dechrau deall a pharchu ei gilydd yn lle paffio o hyd. Sbiwch be lwyddon ni i'w wneud wrth gydweithio!'

'Cytuno i'r carn,' meddai Arthur. 'Mewn undeb mae nerth!'

Roedd Bleddyn a Branwen yn rhy swil i ddweud dim, ond roedd y ddau'n gwenu.

Pan gododd Arthur ei law arnyn nhw a dechrau cerdded yn ôl am y de, a phan roddodd Drogen gwtsh i'r ddau a cherdded i chwilio am ei phobol, edrychodd Branwen a Bleddyn ar ei gilydd.

'Wel?' meddai'r ddau fel un. Yna piffian chwerthin

Cerddodd y ddau dros y mynydd law yn llaw.

'Mi fysen ni'n gynt tasen ni'n troi'n flaidd a brân,' meddai Branwen.

'Does 'na'm brys, nag oes?' meddai Bleddyn. 'A ph'un bynnag, fydden ni'm yn gallu dal dwylo wedyn...'

'Mae hynny...' gwenodd Branwen.

'Roeddet ti wedi fy ffansïo i o'r cychwyn cynta, 'yn doeddet?' meddai Bleddyn.

'Fi'n dy ffansïo di? Ti oedd yn methu peidio sbio arna i os cofia i'n iawn!'

'Paid â malu. Do'n i'n methu gweld dy wyneb di dan yr holl faw a thrwy'r gwrych o wallt blêr 'na...'

'Bleddyn!'

'Wir, rŵan, roedd 'na goblyn o olwg arnat ti...'

'Bleddyn! Gei di swaden yn y munud!'

'O ddifri rŵan, mi fydd raid i ti edrych ar ôl dy hun yn well os wyt ti am fod yn wraig i mi...'

'Os ydw i am fod yn –?'

Stopiodd Bleddyn a throi i edrych arni.

'Wel? Wnei di?'

'Be? Edrych ar ôl fy hun yn well?'

'Naci, fy mhriodi i, y golomen!'

'Paid â 'ngalw i'n golomen. Brân ydw i, cofia.'

'A'r frân ddelia, mwya styfnig i mi ei chyfarfod
'd... Mi wnei di, 'yn gwnei?'

'.. mae'n siŵr bod 'na ffordd o 'mherswadio i...'

Branwen. 'Ond mi fydd raid i titha ddysgu
'l dy hun yn well hefyd,' ychwanegodd.

' bath ers pythefnos a ti'n dechrau drewi

Chwarddodd yn uchel, yna rhedeg allan o'i afael. Rhedodd Bleddyn ar ei hôl i lawr y mynydd, gan weiddi a chwerthin.

Gwyliodd y ddraig goch nhw o'i hogof ar y mynydd, a gwenu.

Am restr gyflawn o lyfrau'r Lolfa, mynnwch
gopi am ddim o'n catalog
neu hwyliwch i mewn i'n gwefan

www.ylolfa.com

lle gallwch archebu llyfrau ar-lein.

TALYBONT CEREDIGION CYMRU SY24 5HE
ebost ylolfa@ylolfa.com
gwefan www.ylolfa.com
ffôn 01970 832 304
ffacs 832 782